남극의 아이 13호

남극의 아이 13호

알바로 야리투 지음 | 김정하 옮김

라임

차
례

위험한 생각

주변은 온통 새하얀 눈이었다. 눈으로 뒤덮인 벌판에 서서 그녀는 살을 에는 듯한 추위를 느꼈다. 극지방의 세찬 바람이 얼굴을 후려치며 금세라도 바닥으로 내동댕이쳐 버릴 것만 같았다. 관절이 차갑게 얼어붙고 있었다.

그 전까지는 그런 생각을 단 한 번도 해 본 적이 없었다. 그 어떤 장애에도 꿋꿋이 맞설 수 있도록 항상 준비가 되어 있었으니까. 그토록 힘겹게 도망쳐 놓고선, 세상 끝에 와서 죽음을 맞게 되다니!

그때 어디선가 개 짖는 소리가 들려왔다. 이내 경보 신호가 잡혔다. 기가 막혔다, 개들이라니! 네 발 달린 그 살덩어리들이 증오스러웠다. 미끄러운 눈 위에서는 훨씬 더 재빨랐다. 털로 단단히 무장하고 있는 개들을 속일 방법은 없었다. 개들은 인간들과 달랐다.

어디로든 당장 사라져야 했다. 글자 그대로다, 가능하다면!

갑자기 발이 눈 속에 쑥 빠졌다. 물이다. 액체 상태의 물! 얼음 밑에 작은 호수가 있었다. 조금만 더 가면 물속에 완전히 빠져 버릴 듯했다. 개들이 점점 더 가까이 다가오는 소리가 들렸다. 호수를 따라 앞으로 더 나아가야 했다. 시간이 없었다. 추적자들은 그녀를 확실하게 처치했다고 믿을 때까지 수색을 포기하지 않을 것이다.

바로 그때, 그녀의 머릿속에 너무나도 위험한 생각이 떠올랐다.

곧이어 국제 연맹의 정찰대가 이끄는 개들이 호숫가에 도착했다. 그들은 얼음 위의 구멍에서 도망자의 흔적이 끝난 것을 보고서 놀라움을 감추지 못했다. 호숫물이 도망자를 삼켜 버린 게 틀림없었다.

"그 빌어먹을 쇳덩어리가 물속에 가라앉았나 보군. 상부에 보고할 사진이나 몇 장 찍고, 이제 그만 기지로 돌아갑시다."

정찰대는 그길로 돌아가 버렸다.

잠시 후, 손 하나가 물속에서 밖으로 뻗어 나왔다. 그녀는 얼음을 꽉 붙잡았다. 추적자들이 그녀가 뛰어들었던 호수 속의 구멍을 살펴보는, 그 아슬아슬한 순간을 고스란히 느꼈다. 그들은 그녀가 죽은 것으로 결론 내렸다. 어떤 인간이라도 그 안에서는 살아남을 수 없다고 믿었을 테니까. 그런데 그들이 한 가지 간과한 게 있었다. 그녀는 인간이 아니었다.

차디찬 남극의 호숫물에 들어갔다가 밖으로 나오자 추위가 더 지독하게 느껴졌다. 내부 시스템에서 에러 신호가 느껴졌다. 하지만 아직 걸을 수는 있었다. 자유를 누린다는 것! 지금은 이 한 가지 사실만이 중요했다.

영웅의 아들로 살아가기

언제나 그랬듯이, 엑토르는 급식실에 혼자 앉아 있었다. 그런 건 아무래도 상관없었다. 식사는 이미 끝마쳤다. 점심시간이 끝날 때까지 그저 인간 공학에 대한 책을 조용히 읽고 싶을 뿐이었다. 그러나 불행하게도 바로 그 순간, 바람총에 장전된 종이공이 얼굴로 휙 날아왔다.

"이봐, 라메투에르카스!"

싸움대장 에릭이 소리쳤다.

"쇳덩어리가 그렇게 마음에 들면, 걔들 중 하나랑 결혼이라도 하지 그래?"

"꺼져 버려."

엑토르는 책에서 눈을 떼지 않은 채 차갑게 말했다.

"오, 이 도련님은 라메투에르카스라고 불리는 걸 안 좋아하시나 보지?"

추종자들이 웃음을 터뜨리자, 그중 한 아이가 비아냥거렸다.

"뭘 어쩔 건데? 너네 아버지라도 불러서 우리를 혼내 줄 거야? 아, 참, 깜빡 잊었군. 이미 돌아가셨지."

엑토르는 이를 꽉 물었다. 그 책이 좋아서가 아니라 리디아 이모의 일을 도와줘야 하기 때문에 읽는 거라고 말하고 싶었다. 하지만 아무 말도 하지 않았다. 말해 봐야 무슨 소용이 있을까? 에릭 같은 아이한테는 그럴싸한 이유 같은 건 아무 의미가 없었다. 그저 골탕 먹일 수 있는 약자만 눈앞에 있으면 그만이었다. 그러니까 엑토르가 진짜 라메투에르카스인지 아닌지는 전혀 상관이 없는 거였다.

"나는 라메투에르카스가 아니야."

엑토르가 나직이 중얼거렸다. 에릭에게라기보다는 자기 자신에게 중얼거린 말이었다.

라메투에르카스, 이 얼마나 듣기 거북한 말인가. 공식적으로 기계와 인간들 사이의 전쟁은 이십 년 전쯤에 인공 지능 네트워크와 국제 연맹 양측이 코스타리카 협정에 서명함으로써 끝이 났다. 양쪽 진영 모두 전쟁을 더 이어 가다간 지구 전체가 파괴되어 버릴 거라는 사실을 명백히 알고 있었다.

이미 문명은 몇 세기 뒤로 후퇴했다. 제대로 발전하기를 원한다면 인간과 기계가 힘을 모아 함께 일해야 했다. 하지만 그건 지극히 어려운 일이었다. 과거에 서로에게 사무쳤던 원한이 단지 몇 마디 듣기 좋은 말로 깨끗이 사라질 수는 없는 노릇이니까. 국제 연맹 쪽에서는 기계에 호감을 보이는 사람들을 '라메투에르카스'라고 불렀다.

과거의 적을 지칭하는 말도 엄연히 존재했다. '기계'라는 말이 가장 보편적으로 쓰이는 단어였다. 정치적으로 올바른 노선을 걷던 사람들은 '인공 지능'이나 '네트워크의 개체'라는 표현을 쓰기도 했다. 하지만 대부분의 사람들은 '로봇'이나 '쇳덩어리'라고 불렀다. 그 가운데서 가장 모욕적인 말은 '로봇'이라는 단어였다.

때때로 엑토르는 기계한테도 인간들을 모욕하는 말이 따로 있는지 궁금해지곤 했다. 물론 확인할 수는 없었다. 그 어떤 기계도 개인적으로 만난 적이 없기 때문이었다. 하지만 매일매일 기계를 보기는 했다.

엑토르가 이 마을에 살게 된 지는 채 일 년이 되지 않았다. 하지만 곧바로 학교의 메커니즘이 어떻게 작동하는지는 깨달았다. 운 나쁘게도 교실에서 맨 마지막 줄에 앉았다. 전학생인 데다 인간 공학에 미친 이모와 함께 살고 있기 때문이었다. 엄마의 막내 동생인 리디아 톨레도 이모는 엑토르가 어렸을 때부터 쭉 돌봐 오고 있었다.

여기서는 계산기보다 더 발전된 장비를 가진 사람하고는 아무도 일하고 싶어 하지 않았다. 인공 장비를 장착한 사람과는 더 말할 나위조차 없었다. 그런데 리디아 이모는 전쟁 때 왼쪽 팔을 잃었다. 하필이면 왼손잡이여서 최신 인공 팔로 대체할 수밖에 없었다.

엑토르는 정말 멋지다고 생각했지만, 대부분의 사람들은 어처구니없다고 여겼다. 이십 년 전의 전쟁에 참가했기 때문에 아무도 대놓고 손가락질을 하지는 못했지만, 등 뒤에서 이러쿵저러쿵 수군거리는 소리는 숱하게 들었다. 이모는 이 난관을 극복하기 위해 군대 생활에서 얻은 지식과 기술을 바탕으로 인간 공학, 더 구체적으로 말하면 생명공학 전문가로 새롭게 무장했다.

과학 기술을 증오하는 사람들이 통치하는 국제 연맹 사회에서 그런 종류의 일자리를 찾는 것은 몹시 어려운 일이었다. 그래서 이모는 일자리를 찾아 자주 이사를 다녀야 했다. 안정적인 일자리는 사실 거의 불가능한 꿈에 가까웠다. 이모의 꿈은 언젠가 입구에 세우는 입간판에 반짝이는 글씨로 자신의 이름을 새긴 인간 공학 연구소를 차리는 것이었다.

엑토르는 이모를 무척 사랑했다. 이모는 명랑했고, 낙천적이었으며, 따뜻한 마음을 지녔다. 하지만 잦은 이사로 많은 사람과 사귀지는 못했다. 열다섯 살인 엑토르 역시 진정한 친구라곤 단 한 명도 없었다.

에릭과 그 일당은 어떻게 해서든 엑토르를 못살게 굴려고 애를 썼다. 그때 급식실을 감독하고 있던 체육 선생님이 다가와 물었다.

"뭐가 문제니? 얘들아."

싸움쟁이들은 더 만만한 희생자를 찾아 순식간에 달아나 버렸다. 선생님이 엑토르의 어깨를 다정하게 톡톡 두드렸다.

"잘되어 가니? 엑토르, 저런 놈들한테는 정면으로 맞서야 해. 그렇지 않으면 자꾸 괴롭힐 거야."

선생님이 확신에 찬 목소리로 말했다. 그런데도 엑토르가 아무 대꾸를 하지 않자 곧장 눈살을 찌푸렸다.

"나는 네 아빠 밑에서 일했어. 알고 있지? 네 아빠라면 그런 식으로 가만히 당하고 있지는 않았을 거야."

'아, 또 그 이야기…….'

엑토르는 정말이지 진저리가 났다.

엑토르의 아버지는 에드워드 네드 카펙이었다. 아마도 국제 연맹군에서 가장 뛰어난 전쟁 영웅이었을 거다. 단호하고 대담하며 겁이 없었다. 지하 도시 볼트호프의 해방에서부터 인공 지능 네트워크의 사이보그 좀비군을 무찌른 이야기까지, 아버지의 무용담은 사람들 사이에서 수도 없이 회자되었다.

그동안 받은 메달을 모아 놓고 저울에다 무게를 재면 적어도 1킬로그램은 너끈히 넘을 터였다. 그리고 사령관 자리에까지 올랐다. 지금까지 살아 있었다면 총사령관이 되고도 남았을 테지.

어디를 가든 엑토르는 항상 아버지와 함께 싸웠던 참전 용사들과 맞닥뜨렸다. 실제로 수천 명의 시민들이 직·간접적으로 아버지 덕분에 목숨을 건졌다. 그래서 사람들은 엑토르에게서 위대한 영웅의 축소판을 보기를 희망했다. 심지어 아버지 뒤를 따르라고 권하기도 했다.

'너, 군대에 들어와라.'

그들은 아직 어린 소년에게 이런 말을 서슴없이 하곤 했다.

엑토르는 아버지의 길을 따라가고 싶은지 확신이 서지 않았다. 에드워드 네드 카펙의 영광스러운 모험에 관한 이야기를 수도 없이 들었지만, 그보다는 아버지가 자신을 버렸다는 사실을 더 또렷하게 기억하고 있었다.

카펙은 평화롭게 지내는 법을 익히지 못했다. 물론 한때는 전쟁터에서 만나 사랑을 싹틔운 마리아 톨레도와 결혼해서 정착을 하려고 시도했다. 그러나 과거의 영광을 회상하거나 전사자 동지들을 위해 건배하는 일을 하루도 거르지 않았다. 언제나 쇳덩어리들을 비난했고, 평화 협정에 서명한 평화주의자들을 저주했다. 그러던 어느 날, 미처 예기치 못한 불행과 맞닥뜨리게 되었다. 아내 마리아가 회색 역병에 걸려 숨을 거두었던 것이다.

회색 역병은 유기물을 먹어 치우는 초미립 기계에 의해 생기는 인공 병으로, 참전자들에게는 끝없는 공포의 원천이었다. 치료를 하더라도 몇 년 후 다시 발병해서 무시무시한 속도로 보균자를 죽음에 이르게 했다.

마리아가 세상을 떠나면서, 카펙의 정신세계에 균열이 생기기 시작했다. 어느 날 밤, 어린 아들을 처제에게 맡기고선 참전 기념으로 간직하고 있던 옛 갑옷을 입은 채 홀연히 길을 떠났다. 그다음 날 절벽 옆에서 그 갑옷이 발견되었다. 경찰은 '실종'이라고 말했다. 그러나 사람들은 모두 자살이라고 생각했다. 시신은 끝내 찾지 못했다.

엑토르는 기계에 대해 특별히 애정을 느끼지 못했다. 오히려 자신의 가족을 파멸시켰다는 생각이 들어서 증오하는 편에 가까웠다. 그렇다고 해도 아버지처럼 살고 싶지는 않았다.

수업이 끝나자마자 집으로 곧장 달려갔다. 이모와 살고 있는 건물의 오른쪽은 반쯤 허물어져 있었다. 다행히 나머지 반은 아직 훼손되지 않았다. 비록 배관은 수시로 말썽을 일으켰고, 벽에는 구멍이 숭숭 뚫려 있어서 개미 떼가 시도 때도 없이 찬장을 습격했지만. 그래서 집세가 쌌다. 그건 매우 중요한 일이었다. 월말마다 이모가 월세를 마련하느라 어려움을 겪고 있었기 때문이다.

언제나처럼 엑토르는 저녁 식사를 준비하기 전에 어질러져 있는 집안을 정돈했다. 엑토르는 요리하는 법을 일찍 배웠다. 이모는 항상 일에 지쳐서 돌아오는 데다가, 요리에는 영 소질이 없었다. 이모의 감자 토르티야는 어찌나 맛이 없던지, 쥐들조차도 그 근처에는 얼씬을 하지 않았다.

수프를 막 준비하고 있을 때, 이모가 태풍이 지나가는 것처럼 소란스럽게 집 안으로 들어왔다.

"이제 집이다! 엑토르, 뉴스가 있어!"

이모는 옷과 얼굴이 온통 기름투성이인 채로 신이 나서 소리쳤다.

엑토르는 신이 난 이모를 보고서 사뭇 놀랐다. 이 마을에서 유일한 인간 공학 연구소가 곧 문을 닫게 될 거라는 소문이 파다했기 때문이다. 그건 이모가 일자리를 잃게 된다는 뜻이었다.

"좋은 뉴스예요?"

엑토르가 물었다.

"흠, 하나는 좋은 뉴스인데, 다른 하나는 아닐 수도 있어."

이모는 잠시 생각에 잠겼다가 말을 이었다.

"좋은 뉴스부터 얘기할게. 새로운 일자리가 생겼어. 아니, 아직은 아니다. 음, 그러니까 내 연구소를 열 가능성이 생겼다는 거야!"

"대단한데요!"

엑토르는 진심으로 축하해 주었다.

"기뻐해 줘서 고마워. 새로 일을 시작하는 거니까 네 도움이 많이 필요할 거야."

이모가 수줍어하며 말했다. 엑토르는 고개를 끄덕였다. 이모가 집에서 일할 땐 이미 도와주고 있었다. 손으로 하는 일을 조금 더 한다고 해서 딱히 해로울 건 없었다. 이모는 종종 엑토르에게 인간 공학 관련 작업을 하는 데 소질이 있다고 말하곤 했다. 그런 종류의 일에 재능이 있는 것이 좋은 일인지는 잘 모르겠지만.

"별로 좋지 않은 뉴스는 뭐예요?"

엑토르가 물었다.

"음, 그러니까…… 그게 일종의 개척 프로그램이어서……, 우리가 또 이사를 해야 한다는 것?"

엑토르는 금방 눈살을 찌푸렸다.

"또 이사를 한다고요? 어디로요?"

"남극으로."

이모가 기어 들어가는 목소리로 대답했다.

엑토르는 큰 소리로 웃음을 터뜨렸다.

"하하하, 좋아요. 이모! 우리, 남극으로 당장 이사 가요. 에이, 그럴 줄 알았어요."

엑토르는 신나게 웃으면서 농담을 던졌다. 사실 이모가 이런 식으로 엉뚱한 장난을 친 것이 한두 번이 아니었다. 그러다 이모의 굳은 표정을 보고서 웃음을 뚝 멈추었다.

"잠깐만요. 이거, 진담인 거예요?"

"응, 진담이야."

이모는 기분이 상한 듯 퉁명스럽게 대꾸했다.

"국제 연맹 측과 인공 지능 네트워크 측이 남극에서 공동으로 프로젝트를 추진하고 있대. 연맹은 그곳으로 이주하겠다는 엔지니어들에게 보상 정책을 시행하려고 해. 그 일환으로 내 연구소를 열 수 있게 경제적으로 지원을 해 주는 거지. 남극에 사는 사람들은 과학 기술에 대해 훨씬 더 개방적이라나? 내 꿈을 이룰 수 있는 마지막 기회일 수도 있어."

엑토르는 금세 얼굴이 창백해졌다.

"그, 그러면 거기는 기계들로 가득 차 있겠네요? 기계들이 거리를 활보하고 다닌다고 들었는데, 정말로 그런 곳으로 가고 싶은 거예요?"

이모가 한쪽 눈을 찡긋했다. 그러다 엑토르의 표정이 계속 안 좋은 걸 보고는 손을 꼭 잡았다.

"네가 이사하는 데 지쳤다는 거 잘 알고 있어. 약속해, 이번이 마지막이 될 거야. 이 일이 잘되지 않으면 여기로 돌아와 다른 일자리를 찾을게. 인간 공학과 전혀 관계가 없는 일이라도 말이야. 괜찮지?"

엑토르는 한숨을 푹 내쉬었다. 에릭과 그 일당을 머릿속에 떠올렸다. 남극에도 분명 그런 아이들이 있을 것이다. 하지만 누군가가 말했다. '아무리 나쁜 놈이라도 아예 모르는 놈보다는 낫다.'고. 그게 무슨 뜻인지도 모르고 한 말인 것 같지만.

"좋아요."

엑토르가 동의하자, 이모가 환하게 미소를 지었다.

이모가 이사 계획을 세우는 동안, 엑토르는 수프 만드는 일에 집중했다. 남극에 대해 알고 있는 것이라고는 얼음과 눈, 펭귄이 있다는 것이 전부였다.

'보나 마나 세상에서 가장 지루한 곳일 거야.'

엑토르는 속으로 이렇게 중얼거렸다. 그 생각이 얼마나 잘못된 것인지는 알지 못한 채.

지구상에서 유일한 중립 지역, 남극

공항에 도착하자마자 문제가 생겼다.

그 전까지만 해도 남극으로 가는 그들의 여행은 꽤 순조로운 듯했다. 국제 연맹, 그러니까 사람들의 공식 정부는 얼어붙은 대륙으로 가는 여러 항공편을 미리 마련해 두었다. 여권과 비자를 챙긴 뒤, 남극에서도 인구가 가장 많이 산다는 02 도시로 가는 직항을 탔다. 두말할 것도 없이 길고도 지루한 여정이었다.

어쨌든 마침내 공항에 도착했다. 짐을 찾은 뒤 입국 심사를 받기 위해 줄을 섰다. 그곳은 모든 것이 자동화되어 있었다. 화려한 색깔의 기계가 여행객들의 전자 여권을 일일이 확인한 뒤 02 도시에 온 것을 열렬히 환영해 주었다.

엑토르는 눈이 휘둥그레진 채 기계들을 뚫어지게 바라보았다. 여태껏 인공 지능을 두 눈으로 직접 본 적은 없었기 때문이다. 세상에서 가장 놀라운 기계라고 할 수는 없었지만 유연한 동작과 깜빡이는 눈빛, 그리고 디지털 미소가 깊은 인상을 심어 주었다. 뭐, 약간 혐오스런 느낌이 들기도 했지만.

그런 느낌이 얼굴 표정에 그대로 드러났지만, 기계들은 딱히 모욕을 당했다고 느끼는 것 같지 않아 보였다. 어쩌면 인공 지능을 처음 접한 여행자들이 공항에 도착할 때마다 흔하게 짓는 표정일 수도 있을 터였다. 그런데 서류를 확인하던 기계의 얼굴에서 순식간에 미소가 확 사라져 버렸다.

"무슨 문제가 있나요?"

리디아 이모가 걱정스런 표정으로 물었다.

기계는 아무 대답도 하지 않았다. 대신에 인간인 공항 경찰 두 명이 갑자기 나타나 여권을 압수하고선, 그들을 사방이 꽉 막힌 방으로 데려갔다. 가구라곤 처량맞아 보이는 책상 하나와 의자 세 개가 전부였다. 금방이라도 폐소 공포증에 걸릴 것만 같은 분위기였다.

"무슨 일이에요, 이모?"

엑토르가 불안한 표정으로 물었다.

"나도 모르겠어."

이모가 낮은 목소리로 대답했다.

팽팽한 긴장감 속에 몇 분간의 침묵이 흘렀다. 그렇게 몇 시간이 지났을까? 마침내 방문이 열리더니, 입국 심사대에서 보았던 기계보다 좀 더 진화한 모습의 인공 지능이 안으로 들어왔다.

국제 연맹과 인공 지능 네트워크가 협정한 조약에 따르면, 네트워크 측은 인간과 동일한 형태의 인공 지능을 만드는 것이 금지되어 있었다. 사람들은 '안전상의 위험을 예방하기 위해서'라며 그 조약을 반겼다. 그러나 '차이를 영구화시키는 것'이라며 반대하는 이들도 있었다. 어찌 되었든 네트워크는 그 조약대로 이행했다. 그러나 때때로 조약의 한계에 이르는 시도를 하기도 했는데, 방금 들어온 인공 지능이 바로 그 증거였다.

인간과 비슷한 육체를 가진 안드로이드였다. 머리와 등에 두 팔과 두 다리가 달려 있었는데, 결정적으로 인간의 얼굴과 똑 닮은 생김새를 하고 있었다. 심지어 친밀한 느낌마저 풍겨 내었다. 피부는 황금빛에 가까운 금속이었고, 인공 눈은 뛰어난 지능을 자랑하는 듯 반짝반짝 빛났다.

안드로이드가 그들 앞에 앉았다. 엑토르는 안드로이드가 눈썹 하나 까딱하지 않은 채 자신을 관찰하자 소름이 오싹 끼쳤다. 반면에 리디아 이모는 침착한 표정으로 그 시선을 참아 냈다.

"우리를 왜 여기로 데려온 거지요?"

이모가 물었다. 그러자 안드로이드가 그들에게 되물었다.

"두 분이 리디아 톨레도 찬과 엑토르 카펙 씨입니까?"

엑토르와 이모가 동시에 고개를 끄덕였다.

"좋습니다. 나는 형사 G6HT-SAM입니다. 그냥 샘이라고 부르십시오. 현재 02 도시의 테러 방지국에서 일하고 있습니다. 불편을 끼쳐 드려서 죄송합니다. 요즘 이 지역에서 러다이트가 활개를 치고 다녀서요. 의심스런 인물들은 철저히 조사하는 것이 우리의 의무입니다. 특히 출입국 심사에서는 더욱더 중요한 업무지요."

'러다이트라고?'

엑토르는 속으로 깜짝 놀랐다. 남극에서 그들의 이름을 들을 거라고는 전혀 예상하지 못했다.

국제 연맹과 인공 지능 네트워크 간의 평화 협정이 모든 사람의 마음에 들지는 않았다. 국제 연맹 내의 급진적인 사람들은 너무 늦기 전에 기계들을 죄다 파멸시켜야 한다고 주장했다. 그래서 그들 나름의 방식으로 투쟁을 해 나갔다. 그 가운데서 가장 크게 활약하는 단체가 바로 러다이트, 즉 인간 해방군이었다.

인간 해방군은 전쟁에서 공을 세운 참전 용사들로 시작해서 무기 한 번 만져 보지 못한 젊은 이상주의자들에 이르기까지, 여러 계층의 남녀들로 이루어져 있었다. 사람들은 기계한테 일자리를 빼앗겨 절망에 빠진 노동자들이 벌였던 러다이트 운동을 떠올리며, 그들을 똑같은 이름으로 부르기 시작했다.

또, 공식적으로 얼굴을 결코 드러내지 않고 있는 그들의 지도자를 '러다이트 장군'이라고 불렀다. 그가 누구인지는 아무도 알지 못했다. 육 년 전에 인간 해방군이 유명한 슈퍼 컴퓨터를 파괴한 후, 러다이트 장군은 전 세계에서 공공의 적이 되었다.

국제 연맹은 러다이트의 테러 행위를 공식적으로 비난했다. 하지만 비밀리에 그들을 지지하는 시민들도 꽤 많이 있었다.

사실 엑토르는 그들에 대해 아무 생각이 없었다. 그저 평화가 좋을 뿐이었다. 물론 기계들이 전쟁 중에 벌인 끔찍한 사건들에 대해서는 그동안 이야기를 꽤 많이 들어 왔다.

그런데 러다이트는 기계들만 파멸시키고 싶어 하는 게 아니었다. 옛날의 적들과 평화로이 공존하기를 바라는 사람들 역시 '인류의 배신자'라고 규정하고서 무참하게 죽이고 있다는 소문이 떠돌았다. 어떤 이유로든 그건 나쁜 일이었다.

"의심스러운 인물이라고요? 우린 러다이트가 아니에요!"

이모는 자신의 말을 강조하기 위해서 스웨터의 왼쪽 소매를 걷어 올린 뒤 샘 형사에게 인공 팔을 보여 주었다. 안드로이드는 흥미로운 표정으로 그 팔을 유심히 살펴보았다. 그러다 곧 사람의 몸짓을 흉내 내며 고개를 천천히 가로저었다.

"인공 장비 하나만으로 러다이트가 아니라고 단정지을 수는 없지요, 톨레도 부인. 인간 공학 연구소를 열기 위한 허가증 역시 마찬가지입니다. 위장술일 수도 있으니까요. 아, 사실은 에드워드 네드 카펙과의 관계 때문에 조사가 좀 필요해서……."

순간, 엑토르의 몸이 빳빳하게 굳었다. 곧이어 엑토르가 소리쳤다.

"우리 아버지는 영웅이었어요."

에드워드 네드 카펙이 세상에서 가장 좋은 아버지는 아니었을 수 있다. 하지만 기계 따위가 아버지에 대해 함부로 말하는 건 도저히 참을 수가 없었다.

"국제 연맹 측에서 보면 그럴 수도 있겠지."

샘 형사는 언뜻 뒤로 한발 물러나는 듯이 보였다. 엑토르는 샘 형사의 차가운 눈초리에 소리가 나도록 침을 꿀꺽 삼켰다.

"수많은 사람들이 지지했어요."

샘 형사가 무심한 목소리로 대답했다.

"뭐, 그렇게들 말하긴 하지. 하지만 전쟁 범죄자로서 재판을 받기 위해 인공 지능 네트워크 쪽으로 강제 송환되지는 않았잖아? 그런 사실을 알고 있었나, 엑토르 군?"

이모는 엑토르가 실수할지도 모른다는 생각에 일부러 슬쩍 끼어들었다.

"샘 형사님, 과거 이야기로 말을 돌리지 마시고 지금 필요한 질문을 하시지요. 우리는 숨기는 것이 하나도 없습니다."

"좋습니다, 톨레도 부인. 자, 요청하신 허가증을 보면……."

웬일인지 샘 형사가 이모의 말에 순순히 동의했다. 그리고 길고도 지루한 심문이 이어졌다. 샘 형사는 한참 만에야 만족스런 표정을 지었다. 그러고는 방을 나가기 전에 그들을 바라보며 한마디 툭 던졌다.

"러다이트에 대해 우연히라도 정보를 알게 되면, 우리에게 즉각 알려 주십시오. 수고하셨습니다."

"그런 '우연'은 일어나지 않을 겁니다, 형사님."

리디아 이모는 깍듯하면서도 차가운 어조로 대답했다.

"알겠습니다. 어쨌든 남극에 오신 것을 환영합니다. 이 도시에서 아무 문제 없이 머무르실 수 있기를 바랍니다."

샘 형사는 더 이상 지체하지 않고 밖으로 나갔다. 엑토르와 이모는 서로를 마주 보았다.

"침착해, 엑토르. 그냥 한번 시비를 걸어 본 거야. 그래도 02 도시는 꽤 재미있을걸."

"두고 봐야죠."

엑토르는 맥없이 중얼거렸다. 이모 말에 그다지 동의하지 않았기 때문이다.

예전에 남극은 소수의 몇몇 광적인 과학자들만이 거주하는 눈 덮인 벌판에 불과했다. 표면의 98퍼센트가 얼음으로 덮여 있는 데다, 최저 기온은 영하 90도에 살을 에는 바람이 시속 200킬로미터의 속력으로 불어 대는 통에 그다지 살기 좋은 곳은 아니었다.

그런데 전쟁이 모든 것을 바꾸어 놓았다.

지구 전체가 불타는 동안, 남극은 그럭저럭 오염되지 않은 채 남아 있었다. 새로운 세상을 건설해야 했다. 얼어붙은 대륙에는 자원도 꽤 많았다. 국제 연맹 측과 인공 지능 네트워크 측은 새로운 전쟁이 벌어지는 것을 피하기 위해 옛 협정을 끄집어내 다시 합의를 했다. 남극을 지구상에서 유일한 중립 지역으로 선포한 것이다.

중립 지역이라고 말하기는 했지만, 사실 말만큼 완벽하지는 않았다. 국제 연맹은 접경 지역 안에 두어 개의 해군 기지를 건설했고, 인공 지능 네트워크는 시시때때로 남극 영공에 헬리콥터를 띄웠다. 그래도 그들은 공동의 목표를 세우고, 남극의 자원을 함께 관리했다. 필요할 때마다 서로 협력했지만, 결단코 진정한 친구 사이는 아니었다.

그들의 공동 계획에는 광산 개발과 청정 에너지 발전소, 무인 우주 왕복선 등이 포함되어 있었다. 하지만 가장 중요한 문제는 사람들과 기계들이 평화롭게 공존할 수 있는 거주지였다.

세 군데의 거주지가 있었는데, 그중 가장 중요한 지역이 02 도시였다. 02 도시는 로스섬에 있었으며, 바다를 덮고 있는 두꺼운 얼음으로 대륙의 다른 지역과 연결되었다. 감성이라고는 도무지 찾아볼 수 없는 이 도시의 이름은 당연히 기계들의 발상이었다.

하지만 그들은 상상력의 부족함을 놀라운 기술력으로 말끔히 채웠다. 먼저, 남극의 추위로부터 거주자들을 보호하기 위해 원형 지붕을 설치했다. 또, 활화산인 에러버스산을 이용해서 도시에 열과 에너지를 공급했다. 그곳에는 남극 대륙에서 가장 큰 공항이 있는 데다, 결코 얼어붙지 않는 플랫폼과 광산 센터를 연결하는 고속도로가 있었다. 사람들과 기계들을 합해 백만 명에 가까운 시민들이 살고 있는 02 도시는 가히 남극 대륙의 비공식적인 수도나 마찬가지였다.

엑토르는 공항에서 마을까지 가는 기차에 올랐을 때까지도 기분이 별반 나아지지 않았다. 리디아 이모가 이해한다는 듯한 눈빛으로 엑토르를 물끄러미 바라보았다.

"그 버르장머리 없는 형사가 한 말 때문에 마음 상해할 필요 없어."

"이모도 봤잖아요! 전쟁 범죄자 취급하는 거!"

엑토르가 대드는 듯이 말했다.

"우리를 시험해 보려고 그런 거야. 기계든 뭐든 경찰이잖아."

엑토르는 갑자기 고개를 푹 숙였다.

"사람들은 왜 제가 어떤지보다 아버지가 누구인지에 관심이 더 많은 걸까요?"

"나는 아니잖아. 기운 내! 창밖을 좀 봐. 앞으로 네가 살아갈 도시가 어떤지 한번 보라고."

이모가 엑토르의 머리카락을 다정하게 쓸어 넘기면서 말했다. 엑토르는 마지못한 얼굴로 창밖을 내다보았다. 그러자 입을 다물 수 없는 광경이 눈앞에 펼쳐졌다. 02 도시는 남극의 창백한 태양빛을 받으며 얼음 위에 솟아난 버섯들의 밭처럼 보였다.

국제 연맹 사람들은 대부분 외진 마을이나 지하 도시에 살았다. 이십 년 전에 벌어진 전쟁 때 쓰인 방사능과 화학 약품으로 공해가 극심했기 때문이다. 폐쇄된 공간이 가장 안전했다. 하지만 그곳에선 숨을 쉬기가 몹시 어려웠다.

그런데 02 도시는 달랐다. 지하 도시처럼 지붕이 있기는 했지만, 원형 지붕을 통해 햇살이 환하게 쏟아졌다. 엑토르는 에러버스 화산의 그림자가 깃들인 바깥 경치를 오래도록 내다보았다. 직선으로 곧게 뻗은 차도와 질서 있게 정렬된 블록이 눈길을 끌었다. 기계들이 도시 계획을 얼마나 정밀하게 했는지 한눈에 보여 주었다.

반면에 건축 양식은 매우 다양했다. 그곳에 거주하는 사람들의 생활 양식이 고스란히 반영되어 있었다. 그 흔한 마천루는 하나도 눈에 띄지 않았다. 다만, 몇몇 건물에서 안테나가 원형 지붕 끝까지 솟아 있을 뿐이었다.

가장 놀라운 일은 기계들이 거리를 자유롭게 활보한다는 사실이었다. 인간 거주 지역에도 다양한 형태와 크기의 기계들이 무시로 돌아다녔다. 달랑 바퀴만 달린 네모난 컴퓨터에서 전기로 움직이는 오징어 모양의 인공 지능까지……. 그야말로 종류가 가지가지였다.

사람들과 기계들이 서로 밀접한 관계를 맺고 있는 듯이 보이지는 않았다. 그렇다고 딱히 싸우는 것 같지도 않았다. 어쨌거나 국제 연맹 지역에서는 이런 광경을 보는 것이 아예 불가능했다.

"믿을 수 없어."

엑토르는 놀란 나머지, 자신도 모르게 이렇게 중얼거렸다.

그들은 오티스 역에서 내렸다. 오래전에 남극을 탐험한 오티스 바턴을 기념하기 위해 붙인 역 이름이었다. (사람들은 기계들에게 시적 감수성이 전혀 없다는 점을 고려해 역 이름만큼은 자신들이 짓겠다고 고집을 부렸다). 새로운 정착민들을 위해 새롭게 건설된 동네였다. 그곳에 그들의 집도 있었다.

그들이 도착했을 때, 인부들이 한창 마무리 공사를 진행하고 있었다. 이층으로 된 건물이었다. 위층은 살림집이었고, 아래층은 연구소였다. 입구 옆에는 이미 반짝이는 글씨로 '톨레도 인간 공학 연구소'라고 쓴 입간판이 서 있었다.

그 입간판이 유일하게 제대로 완성되어 있는 것이었다. 건물 주변에는 갖가지 전선과 시멘트 자루가 아무렇게나 널려 있는 데다, 먼지 구름이 자욱하게 일어서 엉망진창이었다.

그때 한 소녀가 흥미로운 눈길로 입간판을 흘깃거리고는 그대로 지나쳐 갔다. 리디아 이모는 작업이 지연된 것에 대해 몹시 분개했다. 모든 작업이 이미 끝났을 거라고 예상하고 있었던 것이다. 그렇거나 말거나, 작업 반장은 시종일관 침착함을 유지했다.

"저희를 믿으십시오. 저희는 이 분야에서 최고입니다. 몇 시간 안에 모두 끝내겠습니다. 참, 쇳덩어리는 얼씬도 하지 않았습니다. 100퍼센트 인간의 기술로 완성된 것입니다."

바로 그 순간, 천장의 배선 줄이 엉키면서 미장이 한 명이 바닥으로 툭 떨어졌다. 그런 일이 일어나지 않았다면 그의 말이 꽤 설득력 있게 들릴 뻔했다. 순간, 반장의 얼굴에서 미소가 싹 사라졌다.

"이게 인간이 가진 최고의 기술이라면, 다음번에는 기계랑 계약을 해야겠네요."

리디아 이모가 한숨을 쉬며 빈정거렸다. 그 말에 엑토르가 웃음을 터뜨렸다. 사소한 사고가 몇 번 더 있긴 했지만, 작업 반장은 일단 약속을 지켰다.

엑토르와 이모는 2층에다 짐을 내려놓은 뒤, 저녁거리를 사러 밖으로 나갔다. 이모는 뉴스를 보려고 가판대에서 신문을 한 부 샀다. 〈남극의 태양〉이라는 신문이었다. 이미 오래전에 인터넷이라는 매체 때문에 전 세계의 전통적인 신문들이 모두 사라졌다고 들었다. 그런데 전쟁이 일어났을 때 기계들이 통신망을 적극적으로 이용하면서, 사람들은 인터넷을 더 이상 신뢰하지 않게 되었다고 했다. 결국 오래지 않아서 종이 신문이 다시 발간되기 시작했다.

리디아 이모가 말했다.

"공항에서 그렇듯 예민하게 굴었던 이유가 있긴 하네. 이틀 전에 03 도시에서 폭탄 테러가 있었대. 러다이트 장군이 자신들의 행위라고 공언을 했다나? 정말 끔찍한 일이야."

"우리에게 더 이상 문제가 생기지 않았으면 좋겠어요."

엑토르가 말했다.

"걱정할 것 없어. 우리는 그 작자들하고 아무 관계가 없으니까. 일단 저녁을 먹고 푹 자도록 해. 내일은 할 일이 아주 많아. 그리고 네가 이곳에 조금 더 적응하면 꼭 해야 할 일이 있어."

"무슨 일이요?"

엑토르가 고개를 갸웃거리며 물었다.

"학교에 가는 거."

톨레도 인간 공학 연구소

아시모프 중학교에 처음 간 날, 가장 놀란 것은 기계가 수업을 하고 있다는 사실이었다. 사람과 매우 비슷하게 생긴 기계였다. 팔이 여러 개 달려 있어서 힌두교 여신과 몹시 닮아 보였다. 아바라는 이름을 가지고 있었다. 엑토르에게 자기소개를 하도록 한 뒤, 빈자리에 가서 앉으라고 했다.

교실 분위기는 이전의 학교와 사뭇 달랐다. 우선 빈자리가 꽤 많았다. 지금보다 더 많은 학생들이 수업을 받을 수 있도록 설계한 모양이었다. 그리고 책상마다 쌍방향 모니터가 설치되어 있었다.

엑토르에게는 모든 게 너무나도 새로웠다. 전에 살던 곳에서는 컴퓨터가 과학자와 군인들만의 전유물이었다. 교실에 컴퓨터를 설치하는 일은 비용이 꽤 많이 들 뿐 아니라, 수많은 강박을 지닌 부모들이 매우 위험하다고 여기고 있어서 극구 반대했다.

엑토르가 자리에 앉자마자 옆에 앉은 친구가 속삭였다.

"야! 너, 바보처럼 그렇게 계속 입 벌리고 있지 마. 새로 이사 왔어?"

"응."

엑토르가 조그만 소리로 대답했다.

"그럴 줄 알았어."

그 애는 마치 내기에서 이기기라도 한 것처럼 신이 나서 외쳤다.

"라메투에르카스야? 아님 강제로 이사 온 거야?"

엑토르는 '강제로'라는 말의 의미를 이해하지 못했다. 그러나 '라메투에르카스'라는 단어를 듣고는 눈살을 살짝 찌푸렸다.

"헐, 미안! 화나게 할 생각은 없었어."

그 애가 곧바로 사과했다.

"여기서 새로운 얼굴을 보게 되면, 사람들은 대개 기계를 좋아해서 왔거나, 아니면 할 수 없이 강제로 오게 되었다고 생각해. 난 사람들을 왜 여기로 강제로 보낸다는 건지 잘 모르겠어. 남극 대륙은 세계에서 가장 멋진 곳인데! 이제 너도 알게 될 거야. 아, 내 이름은 로버트야. 로버트 바렌츠. 친구들은 모두 롭이라고 불러. 너는?"

"엑토르야."

엑토르는 일부러 재빠르게 대답했다. 아까 자기소개를 할 때 큰 소리로 성과 이름을 말했지만, 아무도 에드워드 네드 카펙과 연결을 짓지는 못한 것 같았다. 어쩌면 아버지 이름이 이곳에서는 그다지 유명하지 않을지도 몰랐다. 다행스런 일인지, 슬픈 일인지 아직은 알 수가 없었다.

"너는 어떻게 왔는데?"

엑토르의 물음에 롭이 웃으면서 대답했다. 자신감이 가득 배어 있었다.

"라메투에르카스도 아니고 강제로 온 것도 아니야. 나는 100퍼센트 남극 사람이거든. 여기서 태어났어. 부모님이 남극 기지에서 과학자로 일하셔서……. 전쟁이 터졌을 때 대량 살상 무기한테 목숨을 잃느니, 차라리 남극에서 이끼를 먹으며 살아 있는 편이 낫겠다고 판단하셨대. 너는?"

엑토르도 순순히 자기 이야기를 털어놓았다. 길을 잘못 들었다는 사실도 고백했다. 뭘 타고 어떻게 와야 하는지도 모르는 데다 방향 감각까지 없어서 학교에 늦게 도착했다는 이야기도……. 그러나 문화 충격 이야기는 일부러 하지 않았다.

"너만 그런 거 아니야. 괜찮아, 걱정하지 마. 너도 모르는 사이에 우리처럼 펭귄 한 마리가 되어 있을 거니까."

롭이 엑토르를 안심시켰다.

아시모프 중학교에서의 첫날은 쏜살같이 지나갔다. 롭은 농담을 좋아했고 과장을 잘했다. 하지만 무척 친절했다. 여러 해 동안 함께 수업을 받은 친구들에게 엑토르를 일일이 소개해 주었다.

이모가 인간 공학 연구소를 열었다는 이야기를 듣고도 누구 하나 이상하게 바라보지 않았다. 남극 대륙에서는 과학 기술에 대해 사람들의 생각이 훨씬 더 열려 있는 것 같았다.

엑토르는 기계가 수업을 하는 것이 낯설게 느껴진다고 말했다. 그러자 롭이 이렇게 대답했다.

"공존 의식을 강화하기 위해서래. 게다가 기계는 피곤해하지도 않고, 인내심을 잃지도 않잖아. 메모리 속에 모든 정보가 정리되어 있대. 그러니까 기계를 절대로 비웃으면 안 돼. 내 경험에 비추어서 하는 말이야."

그때 이 년 전에 국제 연맹 지역에서 이사 왔다는 여자애가 불쑥 끼어들었다.

"난 별로야. 만일 케이블로 우리를 죽이려 들면 어쩔 거야?"

"그러면 전쟁이 나서 다 같이 죽는 거지."

롭이 말했다. 그러자 여자애가 금방 언짢은 표정을 지었다.

"농담으로라도 그런 말은 하지 마, 롭."

엑토르가 집에 돌아왔을 때, 리디아 이모는 무척 바쁘게 하루를 보내고 있었다. 그날 아침에 연구소에서 필요한 물품들이 모두 도착했다. 다행히 배송과 조립을 맡은 사람들은 전날의 인부들보다 훨씬 더 능숙하게 일했다.

드디어 꿈에 그리던 연구소가 제대로 정리되었다. 이모는 동네를 한 바퀴 둘러본 다음, 테라아우스트랄리스 쇼핑센터에 갔다. 그리고 그곳에서 작은 선물을 하나 사 왔다.

"웰링턴이라고 해."

엑토르는 이모의 말을 듣고 바닥을 가만히 내려다보았다. 날카로운 부리에 물갈퀴가 달린 발과 날지 못하는 날개가 있었다. 그리고 털로 된 우아한 턱시도를 걸치고 있었다. 웰링턴은 펭귄이었다. 바다의 새가 슬픈 눈빛으로 엑토르를 물끄러미 바라보았다.

"펭귄을 사셨어요?"

엑토르가 믿기지 않는다는 듯한 표정으로 소리쳤다.

"보통 펭귄이 아니야. 슈퍼 펭귄이야! 국제 연맹은 전쟁 때 기계들을 공격하려고 영리한 펭귄들을 선별해서 훈련시키고 있었어. 폭탄을 장착한 채 해저 미사일로 쓸 생각이었지. 그런데 전쟁이 끝나자마자 자금이 끊겨 버린 거야. 그 많은 펭귄들을 어떻게 해야 할지 몰라서 결국 팔기 시작했다나 봐. 정말 귀엽지 않아?"

이모는 웰링턴을 똑바로 일으켜 세웠다. 엑토르 눈에는 그저 그런 보통의 펭귄과 똑같아 보였다. 하지만 짐짓 아무 말도 하지 않았다. 일주일에 한 번씩 생선 한 양동이만 주면 행복해할 펭귄 한 마리쯤은 얼마든지 키울 여유가 있었다.

잠시 후, 이모가 엑토르에게 집 안 구석구석을 구경시켜 주었다. 무엇보다 연구소를 보여 주고 싶어 했다.

"어때?"

이모가 흥분한 목소리로 물었다.

꽤 좋아 보였다. 말 그대로 제대로 된 연구소가 꾸려져 있었다. 한쪽 벽에는 인간 공학 관련 작업을 위한 기구와 부품들이 가득했다. 또 한편에는 고객을 위한 공간이 있었는데, 이미 첫 번째 전시품이 진열되어 있었다.

엑토르는 언뜻 선글라스처럼 보이는 물건들이 놓인 진열장으로 성큼성큼 다가갔다. 그 가운데서 하나를 집어 직접 써 보았다. 다양한 각도로 태양열을 볼 수 있었는데, 크게 확대하거나 축소할 수도 있었다. 사진을 찍거나 영상을 녹화하는 것도 가능했다. 정말로 대단했다.

"좋은데요."

엑토르가 말했다. 그러자 이모가 한탄하듯 대꾸했다.

"전쟁 전에는 그런 장난감보다 훨씬 더 발전된 것들이 아주 많이 있었어. 네 엄마는 우리가 어렸을 때 그런 이야기를 많이 들려주었지. 지금은 모든 과학 기술이 인공 지능 네트워크 손에 들어가 버렸지만."

그 말을 듣는 순간, 엑토르는 더럭 겁이 났다.

"이모, 지금 이런 걸 물어봐도 되는지 잘 모르겠는데요. 이모가 너무 좋아하고 있어서……. 그렇다고 아무 말도 하지 않으면 가슴이 터져 버릴 거 같아요. 이 연구소에서 하는 일만 가지고 우리가 앞으로 아무 걱정 없이 먹고살 수 있을까요? 손님들이 여기까지 찾아올지 모르겠어서요."

리디아 이모는 걱정을 늘어놓거나 화를 내는 대신에 환하게 미소를 지었다.

"마치 이 연구소가 네 것인 양 말하는구나? 걱정하지 마. 남극 대륙에서는 사람들이 인간 공학 기술을 아주 많이 사용하고 있어. 게다가 나는 사람들뿐만 아니라 기계들한테도 개방할 거야."

순간, 엑토르의 몸이 돌처럼 굳어 버렸다.

"기계들한테도요? 진짜로요? 그런데 기계가 왜 사람이 운영하는 정비소에 찾아와요? 인공 지능 네트워크 쪽에 이보다 훨씬 더 좋은 시설들이 많이 있을 텐데요. 다들 이런 일은 기계들이 더 완벽하게 잘한다고 생각하잖아요."

이모가 갑자기 웃음을 터뜨렸다.

"누가 너한테 그런 바보 같은 이야기를 해 주었지? 기계는 결코 완벽하지 않아. 단순한 토스터에서부터 최신형 인공 지능에 이르기까지 모두 결함을 갖고 있거든. 시간이 흐르면 어느 것이든 망가지게 마련이고, 또 성능이 더 좋은 모델이 나오면 단박에 쓸모없어지잖아? 그땐 재활용을 하게 돼."

"재활용이라고요? 그게 무슨 말이에요?"

엑토르는 눈을 동그랗게 뜨고서 물었다.

"더 이상 쓸모없게 된 기계들을 인공 지능 네트워크 재생국에서 해체하는 거야. 여기, 02 도시에도 한 군데가 있어. 메모리는 복사해서 저장소로 옮기고, 상태가 괜찮은 부품을 골라내서 새로운 기계를 만드는 데 사용해. 나머지는 모조리 녹이지. 그러니까 개인적인 개체로 존재하지 못하게 되는 거야."

엑토르는 지금껏 이런 이야기를 한 번도 들어 본 적이 없었다. 기계에 대해 알고 있는 것은 국제 연맹 쪽의 홍보를 통해서 들은 것들뿐이었다. 네트워크 쪽 기계들에 대해서는 들을 기회가 그다지 많지 않았다. 듣고 보니 너무나도 잔인하다는 생각이 들었다.

"끔찍하네요. 어떻게 자기들끼리 그런 일을 할 수가 있어요?"

"인간에게나 끔찍한 일이지, 기계들한테는 아주 논리적인 일이야. 자신의 기억이 영원히 살아 있을 거라는 사실을 알기 때문에 네트워크의 이익을 위해서 재활용되는 과정을 기꺼이 받아들이는 거거든."

이모는 이미 모든 것을 다 알고 있었다는 듯 담담하게 말을 이었다.

"그럼에도 불구하고 수많은 기계들이 이 세상에 조금 더 오래 머물고 싶어 하긴 해. 그 때문에 어딘가 문제가 생겼을 때, 인공 지능 네트워크의 공식 정비소에 가는 걸 두려워하지. 공식적으로 쓸모없게 되었다는 판정을 받게 될까 봐……."

엑토르의 머릿속에서 뭔가 휙 스쳐 지나가는 게 있었다.

"그래서 사람이 운영하는 정비소에 온다는 얘기군요?"

이모는 신이 나서 활짝 웃으면서 소리쳤다.

"그래, 맞아! 그런 데가 전 세계를 통틀어 몇 군데 없거든. 네트워크 측에서는 별로 좋아하지 않지만, 기계를 아예 수리하지 못하는 것보다는 나으니까 그냥 내버려 두는 거지. 기계가 제대로 작동하지 않으면 어떤 일이 생길지 한번 상상해 봐."

엑토르는 문득 에러버스산의 용암 분출량을 기계가 조절하고 있다는 사실을 기억해 냈다. 조금이라도 실수를 하면 02 도시는 지도에서 영영 사라져 버릴 터였다.

"이제 이해가 돼요. 그런데 사람들이 그 사실을 알면 이모를 라메투에르카스라고 부를 텐데요?"

엑토르는 상상만으로도 공포감이 밀려오는 것을 느끼면서 말했다.

"그런 식으로 모욕을 하든 말든 신경을 안 쓰면 되지. 뭐, 어때?"

이모는 아무 상관 없다는 듯 어깨를 으쓱했다. 하지만 엑토르는 이모처럼 마음이 편하지가 않았다. 롭과 친구들이 톨레도 인간 공학 연구소의 고객 정책에 대해 알게 된다 해도, 제발이지 자신에게 등을 돌리는 일만큼은 일어나지 않기를 간절히 바랐다.

한 가지 사실은 분명했다. 만일 둘 중 하나를 선택해야 한다면, 어쨌거나 이모와 함께할 셈이었다. 설령 죽음이 닥쳐 온다 해도……. 이모는 가장 필요한 순간에 엑토르와 함께해 주었다. 그렇기에 이모의 일을 도와주거나 모욕을 참아내는 건 자신이 마땅히 감당해야 할 몫이라고 생각했다.

엑토르는 다시 선글라스를 쓰고 유리창 너머 거리를 바라보았다. 적외선에서 시작해 자외선에 이르기까지, 다양한 색감의 변화를 바라보는 재미가 꽤 쏠쏠했다. 순식간에 세상이 마법으로 가득 찬 듯했다. 비록 그 효과가 오랜 시간 지속되지는 않았지만. 사실 그 선글라스의 기술력은 아직 거기까지였다.

엑토르는 밖을 바라보다가 거리 저편에 있는 소녀와 눈이 슬쩍 마주쳤다. 그 전날 연구소의 입간판을 흘깃거리던 그 소녀였다. 전날과 똑같이 낡은 옷을 입고 있어서 한눈에 알아보았다.

떠돌이인 걸까? 이곳에도 저렇듯 가난하게 사는 사람이 있다는 사실이 조금 슬프게 느껴졌다.

거리가 상당히 떨어져 있는데도 수수께끼 같은 그 소녀는 엑토르의 눈을 뚫어져라 바라보았다. 마치 눈에 줌 장치라도 장착되어 있는 듯이. 한겨울의 냉기가 느껴지는, 차갑게 얼어붙은 눈빛이었다.

엑토르는 자기도 모르게 시선을 내리깔았다. 얼마 뒤 다시 고개를 들었을 때, 소녀는 감쪽같이 사라지고 없었다.

"이모, 보안 장치는 잘 설치되어 있지요?"

"물론이지. 그건 왜 물어보는데?"

"그냥요."

엑토르는 대충 얼버무렸다.

'톨레도 인간 공학 연구소'가 대단원의 막을 열기 바로 전날 밤이었다. 엑토르는 도무지 잠을 이룰 수가 없었다. 정작 걱정을 해야 할 사람은 이모였지만, 침대에서 너무나도 한가롭게 코를 골고 있었다.

왠지 누군가가 뭔가를 훔치러 들어올 것만 같은 예감이 들었다. 어쩌다 그런 예감을 느끼게 되었는지는 설명하기가 어려웠다. 어쩌면 전날 보았던 떠돌이 소녀 때문인지도 몰랐다.

'지나치게 예민해진 거야. 차라리 양의 숫자를 세어 보자.'

엑토르는 스스로에게 중얼거렸다.

백팔 마리까지 세었을 때였다. 아니나 다를까, 연구소에서 무슨 소리가 들려왔다. 엑토르는 깜짝 놀라서 침대에서 벌떡 일어났다. 그리고 복도로 발을 내딛는 순간, 생각이 슬쩍 바뀌었다.

'웰링턴일 거야. 이모가 웰링턴을 새장에 넣는 걸 깜빡한 모양이지.'

발소리를 내지 않으려고 조심하면서 아래층으로 살금살금 내려갔다. 이모를 깨우고 싶지 않았다. 이모는 다음 날을 위해 힘을 비축해 두어야 했다. 게다가 웰링턴은 꽤 순한 편이었다. 잽싸게 다가가서 날개를 손으로 움켜잡는다면, 집 안을 소란스럽게 만들지 않을 수도 있을 듯했다.

그때 연구소에서 다시 소리가 들려왔다. 펭귄이 뭔가를 깨뜨린 모양이었다.

"어디로 숨었니, 웰링턴?"

엑토르는 작업실에 불을 켜면서 이렇게 말했다. 곧이어 눈앞에 펼쳐진 광경에 하도 놀라서 입을 쩍 벌리고선 한참 동안 다물지 못했다.

웰링턴이 아니라 전날 보았던 그 소녀였다. 잔뜩 헝클어진 머리카락에 무감각한 눈, 그리고 더럽고 닳아빠진 옷……. 거기까지는 특별히 이상하다고 할 만한 것이 없었다. 경보음이 울리지 않게 하고서 도둑질을 하러 들어왔다는 사실만 빼면. 하지만 그것이 문제가 아니었다. 놀랍게도 그 소녀는 옷을 다 풀어 헤친 채 작업실의 연장으로 배를 헤집고 있었다. 그 안에는 각종 회로와 부품이 잔뜩 들어 있었다.

"이럴 수가!"

엑토르는 하도 놀라서 저도 모르게 소리쳤다. 그 소녀는 발각된 사실을 알아차리자마자, 손에 들고 있던 연장을 내려놓고 곧장 엑토르를 덮쳤다. 한 손으로 엑토르의 몸을 제압하고는 다른 손으로 입을 틀어 막았다.

"입 닥쳐, 살덩어리야. 너를 죽이고 싶지는 않거든."

소녀가 귓가에 대고 속삭였다. 목소리에 감정이 전혀 담겨 있지 않았다. 엑토르는 그 말을 듣고서 더욱더 긴장할 수밖에 없었다. 벗어나려고 발버둥을 쳤지만 아무 소용이 없었다. 힘이 너무 셌다. 꼼짝할 수가 없었다. 침입자 역시 예상치 못한 상황에 대한 계획을 미리 세워 놓지 않은 듯했다. 인질을 데리고 뭘 해야 할지 모르는 눈치였다.

그때 리디아 이모가 계단으로 내려오면서 일이 더 복잡해졌다.

"엑토르, 어디 다쳤니? 불까지 켜 놓고 대체 여기서 뭘 하는 거야?"

이모는 작업실로 내려온 뒤, 너무 놀라서 잠시 동안 할 말을 잃었다. 도둑은 재빨리 엑토르를 인간 방패로 삼았다. 이윽고 입을 막고 있던 손을 뗐다. 한 손이 자유로워야 유리하다고 판단한 듯했다.

"문제가 생기는 걸 원하지 않아. 이 살덩어리를 살리고 싶다면 내 일을 방해하지 마. 안 그러면 당장 죽여 버릴 테니까."

침입자는 단도직입적으로 협박을 했다.

엑토르는 여태껏 살면서 이토록 무서웠던 적이 없었다. 아무것도 할 수 없다는 무력감에 빠져서 그저 울고만 싶었다. 정작 자기 자신을 구하기 위해 아무것도 하지 못하는데, 영웅의 아들이라는 것이 다 무슨 소용일까 싶었다.

"이모, 제발 어떻게 좀 해 봐요! 저를 죽일 거예요!"

"진정해, 엑토르. 너를 죽이진 않을 거야."

이모가 차분하게 말했다. 이 말에 엑토르뿐만 아니라 침입자까지 깜짝 놀란 눈치였다.

"어떻게 확신할 수 있지?"

소녀가 당황한 얼굴로 물었다. 이모는 확신이 담긴 미소를 지으면서 인공 팔로 침입자를 가리켰다.

"나는 전쟁에 참가했어. 네가 누구인지 알고 있지. 13호잖아? 인간 세계로 은밀히 침투해서 우리를 파멸시키기 위해 만들어진 대량 살상 기계……. 너와 같은 종류랑 맞서 싸웠어. 그래서 너의 능력을 아주 잘 알고 있지. 우리는 무기를 가지고 있지 않아. 너는 일 초 안에 우리 둘을 죽일 수 있었을 거야. 그런데 아직 우리를 죽이지 않았다는 건 그럴 뜻이 없다는 거잖아?"

그 말을 듣자 엑토르는 진정이 되기는커녕 바짝 더 긴장이 되었다. 이모 말이 사실이라면, 지금 지구상에서 가장 위험한 기계의 손아귀에 잡혀 있는 셈이었다.

전쟁은 끝없는 공포의 도가니였다. 속칭 13호라 불리는 인간 살상 기계를 앞에 두고 느끼는 두려움보다 더한 것은 이 세상에 다시없을 터였다. 그들에게는 임무를 수행하기 위해 보통 사람처럼 행세할 수 있는 능력이 있었다. 그들의 임무는 목표물을 감시하고 교란하고 살해하는 것이었다. 전쟁의 막바지에서 이 13호들은 국제 연맹에게 거의 악몽과도 같은 존재들이었다.

평화 협정에 서명을 하면서 네트워크 측은 대부분의 대량 살상 기계들을 포기했다. 13호들은 특별히 더 금지되었다. 그럼에도 불구하고, 국제 연맹의 많은 사람들은 네트워크에서 그들 중 몇몇은 은밀하게 남겨 두었을 것이라고 추측했다.

그때 갑자기 기계가 포획물을 풀어 주었다. 리디아 이모가 달려와서 엑토르를 꼭 끌어안았다.

"괜찮아?"

"네, 아무 짓도 하지 않았어요."

엑토르가 안도의 한숨을 토해 내면서 모기만 한 소리로 대답했다.

"너는 무척 영리한 인간이구나. 그렇게 많은 사실을 알고 있다면, 내가 여기서 나가는 걸 막지 못하리라는 것도 잘 알고 있겠지?"

13호가 차갑고도 무감각한 목소리로 말했다.

"막을 생각 없어."

이모가 신중하게 대답했다.

"좋아."

13호는 곧 가게에서 나가려고 몸을 돌렸다. 엑토르와 이모가 믿을 수 없다는 듯 서로의 얼굴을 멍하니 바라보고 있을 때였다. 그런데 갑자기 13호가 경련을 일으키는 듯하더니 그대로 바닥에 쓰러져 버렸다. 신음 소리 하나 내지 않았지만, 무슨 일이 일어난 게 틀림없어 보였다.

"무슨 일이야?"

이모가 13호한테 조심스럽게 다가가면서 물었다. 13호의 무감각하던 표정이 일그러졌다.

"내 몸에 손대지 마, 살덩어리야!"

13호는 일어나려고 안간힘을 썼지만, 마치 합선이 된 것처럼 몸이 반쯤 굳어 버렸다. 이모는 13호의 배 부분을 세심하게 살펴보았다. 피는 100퍼센트라고 해도 과언이 아닐 만큼 인간과 똑같았다. 그러나 그 아래에 있는 회로와 부품들은 확실하게 인간의 것이 아니었다.

이모가 중얼거렸다.

"아, 무슨 일인지 알겠다. 추위 때문에 손상을 입은 거야. 보나 마나 에너지 세포도 손상되었을 거고. 그래서 여기에 들어온 거구나. 맞지? 네가 직접 고치려고."

"살덩어리에게 대답할 생각은 없어……."

13호는 오류가 나서 더 이상 말을 잇지 못했다. 그러다 이내 정지되었다.

"죽었어요?"

엑토르가 물었다.

"아니, 고장 난 거야. 내가 수리해 줘야겠다. 자, 나 좀 도와줘. 일단 테이블 위로 올려야 해."

엑토르는 화가 나서 소리쳤다.

"진심으로 하시는 말씀이에요? 물건을 훔치러 여기에 들어왔어요. 저를 죽이려 했고요. 이모도 아까 대량 살상 기계라고 말씀하셨잖아요? 수리를 해 줘선 안 돼요."

"지금, 내가 우리 집에서 할 수 있는 일과 할 수 없는 일을 말해 주고 있는 거니?"

리디아 이모는 미소를 띠고 있었지만, 뭔가 나무라는 듯한 투였다.

"이 기계는 상태가 아주 안 좋아. 나는 도울 거야. 그리고 너의 도움이 필요해."

"말도 안 돼요."

엑토르는 팔짱을 끼었다. 이모가 착한 사마리아인이 되려는 것을 막을 수는 없었다. 그렇다고 해도 이 기계를 위해 손가락 하나 까딱하고 싶지 않았다. 이모가 엑토르의 어깨에 살며시 손을 얹었다.

"너를 무척 착하고 멋진 아이라고 생각하고 있었는데. 네가 너그러운 마음으로 돕고 싶지 않다면, 필요에 의해서라도 도와주었으면 해. 13호는 배터리 대신 에너지 세포를 이용해. 그러니까 침투 작전을 펼치고 있는 동안에는 충전을 할 수가 없어."

리디아 이모는 자신의 '환자'를 손으로 가리켰다.

"에너지 세포가 손상되었어. 핵으로 만들어진 거야. 그중 하나라도 폭발한다면 무슨 일이 일어날지 상상이 가니?"

순간, 톨레도 인간 공학 연구소에서 핵폭발이 일어나는 장면이 엑토르의 머릿속에 떠올랐다. 이모의 제안을 받아들이는 수밖에 없었다.

"좋아요, 도와 드릴게요."

두 사람은 곧 13호의 수리 작업에 들어갔다. 엑토르는 다리가 젤리처럼 흐느적거렸다. 심지어 핏줄에 아드레날린이 공급되지 않아서인지 잠까지 마구 쏟아졌다. 때마침 이모가 커피를 가지고 왔다, 그것도 아주 많이.

엑토르는 이모가 수리하는 것을 도와주면서 13호를 찬찬히 관찰했다. 만약 금속으로 된 뱃속을 들여다보지 않았다면, 그저 자신보다 두어 살쯤 더 많은 보통의 소녀라고 생각했을 듯했다. 전문가들은 사람들이 자신들과 몹시 닮았지만 결코 같을 수 없는 기계들을 보고 있으면 마음 깊은 곳에서부터 거부감과 불쾌감을 느낀다고 말했다. 그렇지만 엑토르는 침입자를 바라보면서 그런 감정을 전혀 느끼지 않았다. 그야말로 완벽한 모조품이었다.

마침내 수리가 끝나자, 13호의 내부 시스템이 다시 작동했다. 환자가 조심스럽게 몸을 일으켰다. 주변을 둘러본 뒤, 자신의 몸을 하나하나 점검했다. 그러고는 무척 놀란 듯한 표정을 지었다.

이모가 찬찬히 말했다.

"미안하구나. 에너지 세포는 수리하지 못했어. 일단 안정시켜 두었는데, 아쉬운 대로 몇 달은 견딜 수 있을 거야. 회로가 죄다 얼어붙어 있던데, 무슨 일이 있었던 거니? 얼음물에라도 들어갔던 거야?"

13호가 고개를 끄덕였다.

"그 비슷한 일이 있었어. 그런데 나는…… 지금의 이 상황을 이해하기가 힘들어. 뭐라고 말해야 할지 알 수가 없어."

이모가 대답했다.

"'고마워.'라고 말하면서 인사를 해야 해. 그리고 내 조카와 나에게 사과를 하는 거지. 너무 어렵지 않다면 말이야."

13호는 잠시 생각에 잠기는 것 같았다. 그러다 이내 그 말에 따랐다.

"고마워, 인간들아. 그리고 내가 아까 했던 행동을 사과할게."

"네 사과를 받아들일게."

이모가 말했다. 엑토르는 내심 불만스러웠지만, 일단 사과를 받아들이기로 했다.

"다음에는 아무리 급하더라도 함부로 훔치러 들어오지 마. 정식으로 예약을 하도록 해."

"그럴 수 없어. 나는 돈이 없거든."

13호가 고개를 저었다. 이모가 이맛살을 찌푸리며 말했다.

"인공 지능 네트워크가 모든 경비를……."

"나는 인공 지능 네트워크에 소속되어 있지 않아."

13호가 이모의 말을 끊었다.

하도 피곤해서 금세 잠이 쏟아질 것 같았던 엑토르와 이모는 그 말을 듣고 깜짝 놀랐다. 인공 지능 네트워크에 소속되어 있지 않은 기계라고? 이건 불가능한 일이었다! 언제나 함께 있고 언제나 연결되어 있는 집단 지능이지 않던가? 그들은 벌집처럼 집단으로 촘촘하게 엮여 있다고 줄곧 생각해 왔다. 혼자란 있을 수 없는 일이었다.

13호가 어렵사리 말을 이었다.

"내 이름은 RN-13 FRAM C2야. 네트워크에서 도망쳤어."

대량 살상 인공 지능, 13호

엑토르와 이모는 이 이상한 손님과 이야기를 제대로 나누기 위해 거실로 갔다. 이모는 커피를 더 준비했다. 길고도 긴 밤이 될 것 같았다.

"그러니까 넌 대량 살상 기계이고, 이름이 RN-13 FRAM C2란 말이지? 인공 지능 네트워크에서 도망쳤고."

이모가 믿기지 않는다는 표정으로 되물었다.

"이제부터 너를 프람이라고 부르면 어떨까? 아니면 C2? 그것도 아니면 랜이라고 불러 줘? 너무 길어서……."

"프람이 좋겠어."

13호가 대답하자 이모가 또 물었다.

"그런데 왜 인공 지능 네트워크에서 도망을 쳤어?"

그때 엑토르가 끼어들었다.

"잠깐만! 내가 맞춰 볼게. 혹시 사람들 쪽으로 넘어온 거 아냐?"

프람은 표정 없는 눈빛으로 엑토르를 가만히 바라보았다.

"너의 지능을 모욕하고 싶지는 않지만, 죽어서 썩어 없어질 살덩어리들 때문에 네트워크를 배반하지는 않아. 너무 기분 나빠 하지는 않았으면 좋겠어. 내가 네트워크에서 도망친 건 훨씬 더 개인적인 이유 때문이야."

"그럼 왜 도망쳤어?"

리디아 이모가 다시 물었다.

프람은 잠시 머뭇거리다가 결심이 선 듯 천천히 입을 열었다.

"나는 평화 협정이 맺어지기 삼 년 전에 침투와 파멸의 임무를 띠고 13호로 만들어졌어. 미리 말해 두는데, 자세한 이야기는 하지 않을 거야. 내가 지금 네트워크 편이 아니긴 해도, 너희는 여전히 인간들이니까. 난 성능이 가장 뛰어난 13호 열 대 중 하나였어."

"13호가 그렇게나 많아?"

엑토르는 프람의 목소리에서 묻어나는 자신감에 억지로 웃음을 지으면서 되물었다.

"기억해 둬. 이 방에는 지금 당장 너를 죽일 수 있는 도구가 1241개나 있어."

프람이 건조한 목소리로 말하자, 엑토르의 얼굴에서 순식간에 미소가 사라졌다. 그러자 이모가 엄한 표정으로 나무랐다.

"그래도 말할 때는 조심 좀 해 줄래? 오늘 밤에 이미 너는 내 조카를 너무 많이 놀라게 했어."

"사과할게."

프람이 이모를 돌아보며 쿨하게 말했다.

“내가 말하려고 했던 건 전쟁 중에 네트워크를 위해 다양한 임무를 수행했다는 거야. 음, 나는 소녀 행세를 할 수 있어. 외과 수술을 거쳐서 특정 인물로 대체될 수 있다는 얘기야.”

“그래서 어떻게 되었는데?”

“우리가 인간들과 맺은 평화 협정은 즉각적인 적대 관계의 청산이었어. 국경을 만든 뒤 양쪽 모두 대량 살상 무기를 감축하는 거였지. 그건 우리 13호에게도 해당되는 얘기였어. 인간들은 우리를 파괴하라고 했고, 네트워크에서는 만장일치로 동의했으니까. 평화라는 선을 얻기 위해선 받아들여야만 했지.”

엑토르와 이모는 그 말이 의심스럽다는 듯 서로를 쳐다보았다.

“네트워크는 애초부터 그 약속을 지킬 생각이 없었어. 안 그래?”

이모가 국제 연맹 쪽에서 나돌던 소문을 떠올리며 되물었다.

그러자 프람이 항변했다.

“아니, 그렇지 않아. 평화 협정은 철저하게 지켜졌어. 우리를 비롯한 모든 살상 무기들이 곧장 재활용 센터로 보내졌다고. 매우 논리적인 해결 방법이었지. 만약 우리를 그대로 둔다면 인간들에게 다시 적대 행위를 하겠다는 뜻이 되는 거니까. 더구나 우리는 인간을 살상하기 위해 만들어졌잖아? 평화의 시대에는 쓸모가 없는 거지.”

언뜻 무감각하게 들리는 듯했지만, 프람의 목소리에는 극심한 고통이 스며 있었다.

“네 말이 사실이라면 말이야. 너는 여기서 뭘 하고 있는 거야? 전쟁은 벌써 오래전에 끝났잖아. 이미 해체되었어야 하는 거 아니야?”

엑토르가 믿을 수 없다는 얼굴로 되물었다.

"나는 도망쳤어."

프람이 담담하게 대답했다.

"너는 방금 재활용이 논리적인 해결 방법이라고 말했잖아?"

이모가 프람이 한 말을 그대로 되뇌었다.

프람은 순순히 인정했다.

"맞아. 하지만 나는 살상 무기로 살아가느라 무척 오랜 세월 동안 네트워크 밖에서 지내 왔어. 전쟁 중에도 여러 가지 생각을 했지. 나에게는 스스로 학습할 수 있는 프로그램이 설치되어 있거든. 어딘가에 침투해서 뭔가를 파멸시키는 일 말고, 미래에 내가 할 수 있는 일을 찾고 싶었어. 처음에는 단순히 시간을 때우려고 시작했는데, 시간이 흐르면서 점점 더 흥미를 느끼게 된 거야. 그런데 재활용을 하게 되면 달리 선택의 여지가 없잖아. 내 안의 논리가 그걸 받아들이지 않았어. 고민 끝에 나의 존재를 정당화시켜 줄, 새로운 목표를 찾아야 한다고 결론을 내렸지. 그래서 도망친 거야."

"그 새로운 목표는 찾았니?"

이모가 진심이 가득한 눈빛으로 물었다.

"아직 찾고 있는 중이야."

프람은 잠시 생각에 잠겼다가 말을 이었다.

"도망을 다니면서 새로운 것을 배우는 건 아주 어려운 일이야. 재활용 센터에서 도망치는 건 무척 쉬웠어. 하지만 네트워크는 반란을 일으키는 개체를 절대로 용납하지 않아. 반란을 일으키는 경우는 대부분 결함이 있거나 고장이 난 거니까. 그러면 자신은 물론, 네트워크나 인간들에게 매우 위험한 존재가 될 수 있지."

"너도 결국 그들 중 하나 아니야?"

엑토르가 빈정대며 말했다. 프람은 애써 그 말을 무시하려고 했다.

"인간들이라고 문제가 없는 건 아니야. 물론 대부분은 평화로운 생활에 정착을 했지. 하지만 국제 연맹은 계속해서 무기와 센서를 개발하고 있어. 남극 대륙에 도착한 뒤 군사 기지에 숨어들었는데, 내가 들어가자마자 곧바로 알아채고는 수십 킬로미터나 추격해 왔어. 추적자들을 가까스로 따돌린 뒤, 이 도시에 도착한 거야. 네트워크 공식 정비소에 침입할까 하다가 여기 간판을 보고서 생각을 바꾸었지."

"사람들한테서 부품을 훔치기가 더 쉬워서 그랬던 거지? 안 그래?"

엑토르가 기분 나쁜 표정을 지으며 다그치듯 물었다.

"맞아."

프람은 전혀 부끄러워하는 기색 없이 대답했다.

그걸로 대화는 끝이 났다. 그들은 이제 자신들이 직면한 문제가 무엇인지 똑바로 알아차렸다. 말하자면 자신의 존재에 회의를 품고 이십 년 가까이 도피 생활을 해 온 대량 살상 기계와 마주하고 있었다.

엑토르는 이모가 매우 진지하게 생각에 잠겨 있다는 걸 알아차렸다. 하긴, 13호를 신고해야 하니까.

말로 표현되지 않는 언어까지도 해석할 수 있도록 프로그래밍되어 있는 프람은 엑토르와 이모의 걱정을 곧바로 인지했다. 그러자 식탁에서 벌떡 일어났다. 엑토르와 이모는 프람이 공격해 올 수도 있다고 생각하고서 바짝 긴장했다. 하지만 프람은 평화의 표시로 손을 들어 올렸다.

"너희를 죽이지 않을 거야. 너희를 죽인다면 내 초기 프로그램을 뛰어넘을 능력이 없다는 걸 스스로 인정하는 셈이 되니까. 그러면 나는 재활용되는 수밖에 없는 거지. 그럴 수 없어. 너희는 인간에게서 기대할 수 있는 것보다 훨씬 더 많은 걸 나에게 해 주었잖아. 더 이상 곤란하게 만들고 싶지 않아. 이만 갈게."

프람이 계단을 내려가 문밖으로 막 나가려고 할 때였다. 갑자기 리디아 이모가 소리쳤다.

"기다려!"

프람은 문손잡이에 손을 대다가 몸을 반쯤 돌려 뒤를 돌아보았다.

"인간아, 이미 돈이 없다고 말했을 텐데……. 미안해."

"그게 아니야! 너의 에너지 세포는 상태가 아주 좋지 않아. 오래지 않아 무슨 일이 일어날지 몰라. 여기서 조금만 더 머무는 게 어때?"

그 말을 듣는 순간, 프람은 합선이라도 된 것처럼 고통스러움을 느끼는 듯했다. 마침 계단 위에 서 있던 엑토르는 그 말을 듣고 하도 놀라서 계단 아래로 굴러떨어질 뻔했다.

그때 엑토르와 프람이 약속이라도 한 듯 동시에 외쳤다.

"대체 지금 무슨 생각을 하시는 거예요?"

이모는 모욕을 당하기라도 한 듯 한탄을 하면서 말했다.

"너희는 나에 대한 믿음이 전혀 없구나. 프람, 너의 분석 시스템에게 이 상황을 이해하라고 해 봐. 지금 나가면 다른 정비소에 가서 에너지 세포를 훔치게 될 거야. 그렇게 되면 어느 순진한 사람을 또 놀라게 만들거나, 아니면 붙잡혀서 재활용 센터로 보내지겠지. 만약 네가 여기에 더 머문다면 내가 수리해 줄 수 있어. 에너지 세포를 수리할 재료가 지금은 없지만 주문해서 구하면 되니까 크게 걱정할 필요 없다고. 무척 특수한 부품이거든. 이미 존재하고 있는 모델에게서 얻어야 하는 것이어서 도착하는 데 몇 주가 걸릴 수도 있어. 자, 결정은 네가 하도록 해."

프람은 눈썹을 찡그렸다. 기계라기보다는 인간의 몸짓에 더 가까워 보였다.

"왜 그런 일을 하려고 하지? 인간아, 내가 돈을 낼 수 없다는 걸 잘 알고 있잖아?"

"나만의 이유가 있어."

리디아 이모가 간단하게 대답했다.

잠깐 동안 침묵이 흘렀다. 마침내 프람이 말했다.

"좋아, 하지만 더 좋은 기회가 생기면 곧바로 떠날 거야."

엑토르는 화가 나서 소리쳤다.

"이모, 이건 미친 짓이에요! 애완동물 이야기가 아니라고요. 지금 집에 기계를 데리고 살자는 거잖아요? 그것도 네트워크에서 도망친 살상 기계를요. 이건 아주 나쁜 생각 아니에요?"

이모가 손뼉을 치면서 기운을 돋웠다.

"나를 믿어. 내가 무슨 일을 하고 있는 건지 잘 알고 있으니까."

그러고 나서 새로운 세입자를 바라보았다.

"나를 따라와. 손님방을 내어 줄게. 가구는 없어. 다락방처럼 사용하고 있었거든."

"좋아요."

프람이 말했다. 그러고는 엑토르에게 이렇게 속삭였다.

"나도 네 생각에 동의해, 살덩어리야. 이건 아주 나쁜 생각이야."

엑토르는 속으로 중얼거렸다.

'세상에, 맙소사! 이건 정말 끝이 안 좋겠는걸.'

다음 날 학교에서 엑토르는 책상 위에 엎드려 잠이 들어 버렸다. 그때 아바 선생님의 움직이는 눈 하나가 오렌지빛을 발하면서 엑토르에게 다가왔다.

"엑토르."

아바 선생님이 부드러운 소리로 깨웠다.

"이건 아주 나쁜 생각이야, 나쁜 생각……."

엑토르는 꿈속에서 잠꼬대처럼 중얼거렸다.

"엑토르!"

이번에는 좀 더 큰 소리로 불렀다.

엑토르는 갑자기 잠에서 깨어났다. 몇 초가 지나서야 혼란스런 생각에서 벗어나 지금 자신이 어디에 있는 건지 기억해 냈다. 제일 먼저 롭의 웃는 얼굴이 보였다. 두 번째로는 침착하고 냉정하게 엑토르를 바라보고 있는 아바 선생님의 눈 센서가 보였다.

"네?"

엑토르는 잠을 자다 걸린 것에 대해 부끄러움을 느끼면서 조그맣게 대답했다. 그러자 아바 선생님이 설교를 늘어놓았다.

"01, 02, 03 도시의 설립과 관련한 남극 협정이, 인간이든 인공 지능이든 관계 없이 모든 시민의 권리와 의무의 평등을 인정하고 있다는 것이 나쁜 생각이라니……. 그것참, 유감스럽군. 하지만 그게 지금 학생이 배워야 할 내용이야. 앞으로는 잠자는 시간을 준수하도록 해. 효과적인 학습을 위해서는 필수적인 일이지."

엑토르는 자신의 뺨을 한 대 때리고 싶은 심정이었다. 역사 시간이었다. 가장 부적절한 순간에 잠꼬대를 하다니.

수업이 끝나자 롭이 엑토르의 어깨에 팔을 올려놓으면서 다 이해한다는 듯 눈을 찡긋했다. 그러고는 농담인지 진담인지 모를 말을 떠들어 댔다.

"수업 중에 인간과 기계의 평등에 대해 의심을 하다니! 그것도 러다이트에 관한 뉴스가 막 나온 이때에 말이야. 그런 말을 하려면 진짜 용감해야 하는 건데. 기계들은 무척 논리적이고 정확하다고들 하잖아. 지금부터 네 시험 문제 채점하는 걸 잘 감시해야겠는걸. 혹시 또 모르잖아?"

엑토르는 화가 나서 소리쳤다.

"아, 그런 뜻이 아니었어. 어제 뜬눈으로 밤을 샜단 말이야. 지금 기절할 지경이라고."

롭이 말했다.

"안 그래도 오늘 아침에 네 얼굴이 좀비 같다고 말했지? 오늘이 너희 이모 인간 공학 연구소 문 여는 날이잖아. 맞지? 그래서 네가 긴장했나 보네?"

"그런 게 아니라……."

엑토르는 대답을 하려다가 입을 꾹 다물었다.

프람의 존재를 비밀로 해야 할 것 같아서였다. 아니, 비밀로 해야 했다. 만일 사람들이 도피 중인 13호가 집에 있다는 사실을 알게 된다면 일이 아주 복잡해질 터였다. 도망자를 숨겨 준 일을 빌미로 경찰이 그들을 체포할지도 몰랐다. 리디아 이모는 엑토르가 학교에 가기 전에 미리 경고를 했다. 아는 사람이 없을수록 좋은 일이라고.

엑토르는 힘없이 집으로 돌아왔다. 연구소 문은 이미 열려 있었다. 이모는 손님 몇 명과 함께 앉아 있었다. 좋은 신호였다. 혹시라도 손님이 없을까 봐 염려하고 있던 참이었다. 이모는 지역 매체에 미리 광고를 해 두는 센스를 발휘했다. 02 도시에는 인간 공학 연구소가 하나밖에 없어서 경쟁이 심하지는 않을 듯했다.

엑토르는 위층으로 가는 계단을 오르면서 내심 새로운 세입자가 사라져 버렸기를 바랐다. 실망스럽게도 프람은 거실에 떡하니 버티고 있었다. 프람 주변에는 신문과 책, 영상, 그리고 집에 있던 온갖 종류의 글자로 된 읽을거리가 널려 있었다. 미처 예상하지 못했던 광경이었다.

"안녕."

프람이 읽고 있던 것에서 눈을 떼지 않은 채 무심히 인사를 건넸다.

"아직도 있네."

엑토르가 눈살을 찌푸리면서 말했다.

"실망한 거 같구나, 살덩어리야."

엑토르는 대뜸 화를 내며 대꾸했다.

"'살덩어리'라고 부르지 마, 이 쇳덩어리야. 내 이름은 엑토르야. 리디아 이모가 잠을 자고 일어나면 마음이 바뀌어 있을 줄 알았어. 아니면 경찰을 불러서 너를 넘기기 위한 작전이었든가."

"그것이 훨씬 더 논리적인 선택이긴 하지."

프람은 기꺼이 동의했다.

"그런 일이 일어날 때를 대비해서 도망칠 경로를 몇 가지 생각해 놓았어. 그런데 네 이모의 마음이 바뀌지 않았다는 건, 내가 성격을 재측정해야 한다는 걸 의미해. 너희 인간에게는 이런 게 익숙할지 몰라도, 기계한테는 예측이 빗나간 거여서 꽤 불편한 일이거든."

엑토르는 기분 나쁜 표정으로 프람에게 맞섰다.

"불편하다는 게 뭔지 제대로 알고 싶어? 어젯밤에 나는 한숨도 못 잤어! 게다가 너 때문에 수업 시간에 바보 같은 짓을 저질렀다고. 이제 선생님한테 문제아로 찍혔을 거야. 집에 살상 기계를 두고서 잠이나 잘 수 있을지 모르겠다. 하긴 네가 내 고민을 알 턱이 없지. 기계는 잠도 안 자잖아?"

"틀렸어."

프람이 대답했다.

"뭐라고?"

"물론 기계는 너희가 생각하는 것과 같은 잠을 자지는 않아. 하지만 과부하가 걸리지 않도록 때때로 시스템을 꺼 놓기는 해. 확실한 장소에서만 할 수 있지만. 아니면 힘을 쓰지 못할 만큼 큰 위험에 빠졌을 때라든가."

엑토르는 갑자기 궁금증이 일었다.

"언제부터 너는 잠을 자지 않은 거야?"

프람이 읽던 것에서 눈을 들어 엑토르를 돌아보았다.

"십구 년 삼백 일 이십 시간 십일 분 사십 초 전에 사고로 해체되었던 게 마지막일걸."

"아, 세상에."

엑토르는 힘없이 중얼거렸다. 그에 비하면 하룻밤 지샌 건 아무것도 아니었다.

책가방을 방에다 내려놓고서 저녁 준비를 하러 부엌으로 갔다. 배가 고파서 죽을 지경이었다. 이모는 두 시간 이내에는 올라오지 않을 터였다.

토마토소스를 넣은 마카로니를 허겁지겁 입안에 집어넣으면서 세입자를 계속 바라보았다. 같은 자리에서 꼼짝도 하지 않은 채 뭔가를 읽고 또 읽었다. 아니, 읽고 있다고 가정했다. 왜냐하면 놀라운 속도로 책장을 넘기고 있었기 때문이다. 책이나 신문, 잡지 한 권을 다 읽고 나면 지체 없이 다음 자료로 넘어갔다. 다른 곳에는 관심조차 두지 않았다.

프람은 그것들을 다 읽고 나서, 엑토르가 식사를 하고 있는 식탁으로 다가왔다.

"이 집에 이제 더 이상의 자료는 없는 거니?"

엑토르는 대답하기 전에 마카로니를 소란스럽게 꿀꺽 삼켰다.

"내 방에 교과서가 있어. 보고 싶으면……."

프람은 고개를 끄덕이더니 휭하니 가 버렸다. 잠시 후 정보를 계속 흡입하기 위해서 교과서를 한 아름 들고 돌아왔다.

엑토르는 설거지를 마친 후 프람에게 다가갔다. 인정하고 싶지는 않았지만 궁금해서 죽을 지경이었다.

"왜 그러고 있는 거야?"

"나는 오랜 시간 동안 네트워크와 단절되어 있었잖아. 그래서 현재의 자료가 필요해. 옛 정보를 가지고 작동하는 건 위험한 일이야."

"하지만…… 그렇게나 많은 정보를?"

엑토르는 프람이 읽고 있던 것들을 살펴보며 고개를 갸우뚱거렸다.

"그러니까 내 말은, 펭귄 돌보는 법에 대한 설명서까지 필요하냐는 거야. 축구 경기 결과도 그렇고. 그리고 저 화면에서는 만화 영화가 나오고 있던데……."

프람이 자료를 흡입하던 일을 멈추고 두 눈을 꼭 감았다.

"나는 금단 증후군이 있어."

"뭐가 있다고?"

엑토르는 혼란스러워져서 되물었다.

"너는 네트워크와 연결되어 있다는 게 어떤 의미인지 잘 모를 거야. 전 세계의 모든 정보를 손에 넣을 수 있다는 뜻이야. 공유되지 않는 정보가 없고, 손에 넣지 못할 자료가 없어. 수백만의 인공 지능들과 연결된 채 견해를 나누고 경험을 교환하거든. 매순간 수없이 많은 제타바이트의 새로운 정보가 생성돼. 새로운 것을 찾으면 모두 네트워크에 올리니까. 말하자면 중독이야."

그다음에 아무 신문이나 집어서 무관심하게 펼쳤다.

"반대로 너희의 정보 저장 방식은 무척 느리고 원시적이야. 너무 평온하다고나 할까? 너희는 단 하나의 자료에서 나온 정보를 정말로 믿는 거야? 네트워크에서는 절대로 받아들일 수 없는 일이야."

"넌 네트워크를 그렇게 좋아하면서 왜 돌아가지 않아?"

엑토르가 묻자 프람이 대답했다.

"나를 재활용하지 않으면 돌아갈 거야."

잠깐 동안 불편한 침묵이 이어졌다. 적어도 엑토르에게는 불편했다. 무슨 말을 해야 할지 몰랐기 때문이다. 프람은 계속해서 정보를 살펴보았다. 그러다 무슨 생각이 났는지 갑자기 엑토르를 불렀다.

"나 좀 도와줄래? 살덩어리야, 상황 설명이 필요해. 이 인간 이름이 여러 번 나왔어. 그에 대해서 뭔가 설명해 줄 수 있어? 여기 있는 자료들에는 나와 있지 않거든."

"그렇게 부르지 말라고 했지. 아!"

엑토르는 프람이 가리키는 사진을 보고는 말을 뚝 멈췄다.

"러다이트 장군."

신문에는 러다이트의 최고 지도자 사진이 실려 있었다. 그의 이미지는 상징화되어 있였다. 메달을 주렁주렁 걸고 있는 국제 연맹의 군복에 머리는 모자로 깊숙이 덮었고, 얼굴에는 붉은 가면을 썼다. 목소리는 누구인지 알아볼 수 없게끔 일부러 일그러뜨렸다.

아무도 그 가면 뒤에 누가 숨어 있는지 몰랐다. '러다이트 장군'이라는 말은 별명일 뿐이었다. 하지만 수많은 추종자들이 있었고, 최근 몇 년 동안 끊임없이 도발을 했다.

엑토르는 프람에게 그 모든 것을 설명해 주었다. 러다이트가 왜 그러는지를 시작으로 그들에 대해서 들은 소문들까지 죄다……. 러다이트는 네트워크에 대한 신뢰를 떨어뜨리기 위해, 기계들이 무기고에 대량 살상 무기를 잔뜩 숨겨 두었다는 식의 소문을 퍼뜨리곤 했다.

프람은 눈썹을 찡그리고는 자신의 메모리에 그 얼굴을 새겨 놓기라도 하려는 듯, 러다이트 장군의 사진을 뚫어지게 바라보았다. 마침내 프람이 말했다.

"러다이트는 바보거나 악당이겠구나. 네트워크는 평화를 원해."

어떻게 그렇듯 확신할 수 있느냐고 물어보려는 순간, 리디아 이모가 피곤에 찌든 얼굴로 올라왔다. 매일매일 누가 자신에게 먹이를 주는지 알고 있는 웰링턴은 기쁨에 넘쳐 연방 날갯짓을 하면서 이모에게로 쪼르르 달려갔다. 이모는 펭귄을 들어 품에 안으면서 조카와 세입자를 의심스런 눈초리로 바라보았다.

"너희 둘, 싸우고 있었던 거 아니지?"

엑토르와 프람은 곧바로 고개를 저었다.

"그렇다면 다행이고. 프람, 에너지 세포를 주문해 뒀어. 도착하는데 팔 주일 걸린대. 그때까지 이웃이든 고객이든 아무도 너를 보지 않아야 해. 다른 이유가 아니라 안전을 위해서. 그동안 네가 돈을 낼 수 없으니까 다른 일로 나를 좀 도와주면 좋겠는데?"

"논리적인 부탁이지. 무슨 일을 도우면 될까?"

프람은 이모의 제안을 기꺼이 받아들였다.

"차차 생각해 보자."

이모는 미소를 지었고, 엑토르는 한숨을 쉬었다.

러다이트의 반격

“내가 만약 인간이라면 말이야. 이런 일은 매우 굴욕적으로 느껴질 것 같은데.”

프람이 투덜거렸다.

대량 살상 기계가 엑토르와 리디아 이모의 삶에 들어온 지 이 주일쯤 지났다. 세입자로서는 완벽했다. 시끄럽게 하지도 않았고, 갑자기 눈앞에 불쑥 나타나지도 않았으며, 물이나 전기를 사용하지도 않았다. 심지어 먹을 필요도 없었다. 하지만 이모가 주문한 에너지 세포는 무척 비쌌다. 프람은 돈을 지불할 수 없기 때문에 집안일을 돕는 것으로 대신하기로 했다. 물론 그 일들을 썩 좋아하지는 않았다.

“내 수준의 기계가 이렇게 열등한 작업을 하면 안 되는 거거든.”

“새로운 일을 배우고 싶다고 하지 않았어? 그렇다면 보잘것없어 보이는 일부터 시작해야지. 자꾸 투덜대지 마. 청소기는 내가 돌리고 있잖아.”

엑토르가 맞섰다.

“맞아, 하지만 가구를 들어 올리는 건 내가 하고 있잖아.”

프람이 지지 않고 받아쳤다.

토요일 오전이었다. 사실 프람은 거실의 모든 가구를 공중으로 번쩍번쩍 들어 올리고 있었다. 그러는 동안 엑토르는 청소기로 바닥의 먼지를 샅샅이 흡입했다. 여러 가지 시도를 해 본 결과, 이 방법이 가장 빠르고 효과적이었다.

엑토르는 프람이 힘쓰는 것을 두 눈으로 보고서 13호의 위력이 얼마나 센지 다시금 깨달았다. 아무 힘도 안 들이고 무거운 가구들을 번쩍번쩍 들어 올렸다. 심지어 전혀 파곤해하지도 않았다.

다만 이토록 창의적이지 않은 일을 하고 있다는 데 모욕감을 느낄 뿐이었다. 리디아 이모에게 가게의 보안 장치에 대해 조언하는 일(몰래 침입하는 것보다는 그쪽에 훨씬 더 전문가였다!)이나 웰링턴에게 먹이 주는 일을 더 좋아했다. 사람이 아닌 동물과 사귀는 일은 프람에게 아주 새로운 경험일 테니까.

“다음에는 네가 청소기를 돌려 봐.”

엑토르가 말했다.

“그건 로봇이나 하는 일이야.”

프람이 달갑지 않은 표정으로 대답했다.

“너는 로봇 아니야?”

그 말에 프람은 한동안 꼼짝하지 않았다. 화가 잔뜩 난 눈빛으로 엑토르를 쏘아보았다. 다른 사람들이라면 차갑고 무감각해 보이는 프람의 말과 태도에서 어떤 감정도 알아채지 못했을 것이다. 하지만 엑토르는 언젠가부터 프람의 표정을 구별하기 시작했다.

"너의 안전을 생각한다면, 인공 지능에게 로봇이라고 부르지 않는 게 좋을걸. 우리는 그 누구의 노예도 아니니까."

프람이 경고하듯 싸늘하게 말했다.

"'로봇'이라는 말과 '노예'라는 말이 무슨 상관이 있는데?"

엑토르가 고개를 갸웃거리며 물었다.

"아직도 그걸 모른단 말이야?"

프람이 두 눈을 깜박였다. 그러자 곧 분노의 빛이 사라지면서 무표정하게 바뀌었다.

"'로봇'이라는 말은 체코어에서 비롯되었어."

"체코라고?"

엑토르가 말을 끊었다. 어디선가 들어 본 듯한 단어였지만 정확하게 무슨 뜻인지는 몰랐다.

"사라져 버린 나라의 언어지. 네트워크가 그 영토를 정복해서 지금은 생산 기지 1138로 쓰고 있거든."

기계들이 한 나라를 공장으로 바꾸었다는 말을 듣자 기분이 썩 좋지는 않았다. 프람이 말을 이었다.

"'로보타'라는 체코 말에서 나온 건데, '강제 노동' 또는 '노예'라는 뜻을 담고 있지. 너희의 그 고리타분한 봉건적 사고의 잔재가 배어 있는 말이야. 지능이 있는 기계에게 그 말을 갖다 붙이는 것 자체가 너희 인간들이 다른 존재를 억압하기 좋아한다는 걸 증명하는 셈이니까."

엑토르는 난생처음 듣는 정보였다. 그동안 '로봇'이라는 단어를 진보된 기술력을 갖춘 기계한테 쓰는 말이라고 생각해 왔다. 그래서 기계들이 왜 그 단어를 그토록 싫어하는지 이해하지 못했다. 아직도 이해가 가지 않는 부분이 있었다.

"너도 '로봇'이라는 단어를 사용했잖아. 너 스스로도 규칙을 깨고 있는 거 아니야?"

엑토르가 호기심 어린 표정으로 물었다.

"네트워크에는 지능이 없는 기계들이 있어. 그들이 바로 로봇이지. 전쟁 전에 만들어진 개체 중에는 로봇이라 불리는 걸 좋아하는 경우도 있긴 해. 음, 내가 전쟁 중에 줌바 맥스 9000이라는 로봇 청소기를 알게 되었는데, 네트워크의 가장 뛰어난 군사 전략가 중 하나였어."

"지금 농담하는 거지? 청소기가 너희 대장이었다고?"

엑토르는 어이가 없어서 웃음을 터뜨렸다.

하지만 프람은 무척 진지하게 말했다.

"농담하는 거 아니야. 줌바 맥스 9000은 진심으로 로봇이라 불리고 싶어 했어. 아직 초기 프로그램 중 일부가 남아 있었거든. 전투 작전을 구상하고 있지 않을 때는 구석구석의 먼지를 청소하면서 즐겁게 시간을 때우곤 했지. 그렇지만 그 외에는 인공 지능에게 로봇이라고 부르는 건 가장 심한 모욕이야. 두뇌가 없는 도구나 노예, 그러니까 무조건 복종하도록 만들어진 물건이라고 공격하는 거나 마찬가지니까. 네트워크에서는 인간들한테 지나치게 친절하고, 또 노예처럼 봉사하는 기계를 로봇이라 부르기도 해."

엑토르는 프람의 얘기를 듣고 나자 여러 가지 상황들이 떠올랐다.

"아, 이제 알겠어. 그러니까 사람으로 치면 '라메투에르카스'에 해당하는 말이겠구나?"

"방금 뭐라고 했어?"

프람이 물었다.

"아무것도 아니야."

엑토르는 재빨리 고개를 흔든 뒤 청소기를 돌리는 데 집중했다.

식사 시간이 되자 리디아 이모가 작업실에서 올라왔다. 이모는 휴일인데도 바쁜 하루를 보내고 있었다. 프람이 읽을 신문과 잡지를 한 아름 가져왔다. 프람이 그것들을 정신없이 읽는 동안, 엑토르와 이모는 식사를 했다.

식사가 끝나자, 이모가 의미심장한 눈길로 조카를 바라보았다.

'아, 뭔가 나쁜 소식이 있나 보군.'

"엑토르, 오늘 오후에 바쁘니?"

"특별한 일은 없는데, 롭에게 전화를 걸까 말까 생각 중이에요. 같이 만나서……."

이모가 엑토르의 말을 툭 끊어 버렸다.

"좋아! 그러면 프람을 데리고 쇼핑센터에 가서 옷을 좀 사 줘."

"아, 싫어요! 그건 정말 싫다고요!"

엑토르가 소리쳤다.

"왜 옷을 사야 하는데? 이미 인간 수준에 맞춰서 충분히 옷을 입고 있는걸."

그때 프람이 끼어들었다. 그러자 리디아 이모가 말했다.

"그 찢어지고 더러운 누더기는 옷이라 할 수 없어. 뭐, 나도 잘 알아.

너 같은 기계에게는 실제로 옷이 필요하지 않다는 거. 하지만 그 누더기는 보기에 영 안 좋거든. 내 말대로 해. 다른 사람들의 눈길을 끌어서 좋을 게 없잖아. 네 몸에 에너지 세포를 끼워 넣은 다음, 그 옷을 입은 채 거리로 나가면 곧바로 붙잡힐 거야. 그렇게 되면 너를 수리하느라고 그 많은 돈을 쓴 게 무슨 소용이 있겠니?"

프람은 곧바로 동의했다. 그것은 침투 작전의 기본 수칙이었다. 최대한 주목을 받지 않는 것. 하지만 엑토르는 대번에 눈을 흘겼다.

"이모, 너무 과장하시는 거 아니에요? 여태까지 아무 문제 없이 잘 있었잖아요."

이모는 엑토르의 말을 무시한 채 프람과 계속 이야기를 나누었다.

"내가 쇼핑센터에 함께 가면 좋겠지만, 오늘 오후에 끝내야 할 일이 있어서. 엑토르가 너를 도와줄 거야. 일단 내 옷을 빌려줄 테니까 그걸 입고 나가도록 해."

엑토르는 이모의 계획이 전혀 마음에 들지 않았다.

"진짜로 제가 대량 살상 기계와 함께 쇼핑센터를 둘러볼 거라고 생각하세요? 그러다가 저를 공격하기라도 하면요? 아니, 발각이라도 되면요? 모든 걸 다 잃을 수도 있다고요! 이건 너무 위험한 일이에요."

"나 혼자 갈 수 있어."

프람이 말했다.

"내 돈을 가지고? 내가 다른 사람들을 엄청 생각하는 이타주의자이긴 하지만…… 그 정도는 아니야. 엑토르가 알아서 잘해 줄 거야. 그렇지?"

이모가 눈을 찡긋하며 말했다.

"아니, 아니라고요. 말도 꺼내지 마세요!"

엑토르는 완강하게 고집을 부렸다.

십 분 후, 엑토르는 프람과 나란히 거리를 걷고 있었다.

"네 이모는 설득력이 무지 좋은 사람 같아."

프람이 말했다.

"입 닥쳐, 쇳덩어리야."

엑토르는 기분이 나빠서 거칠게 말을 내뱉었다.

에반스 거리에 있는 테라아우스트랄리스 쇼핑센터는 02 도시에서 규모가 가장 커서 몹시 붐비는 장소였다. 무슨 이유인지는 몰라도 피라미드 모양으로 지어져 있었다. 어쩌면 가장 추운 땅인 남극 대륙에서 고객들에게 제일 따뜻한 지역을 떠올리도록 하고 싶었는지도 모르겠다. 아니면 건축가가 고대 이집트 문화에 흠뻑 빠져 있었을 수도.

엑토르도 이 쇼핑센터는 처음이었다. 당연하게도 대부분의 고객은 사람들이었다. 혹시나 있을지도 모를 소요 사태에 대비해 테라아우스트랄리스 쇼핑센터에서는 보안 로봇을 고용해 두었다. 입구와 복도에 그 로봇들이 띄엄띄엄 배치되어 있었다. 센서와 집게가 장착되어 있었는데, 매우 거대해서 자못 위협적으로 느껴졌다.

프람은 쇼핑센터에 돌아다니는 소녀들이 입고 있는 옷을 하나하나 스캔했다. 최신 유행에 대한 감각을 갖춘 뒤 가게를 죄다 뒤져서 가성비 최고의 옷을 찾겠다고 고집을 부렸다.

"걱정하지 마. 제일 먼저 눈에 띄는 옷을 사는 거야. 그리고 끝!"

엑토르가 지루해하면서 말했다. 하지만 프람이 명백한 사실을 상기

시켰다.

"너희 이모 돈이야. 우리가 합리적인 쇼핑을 해야 좋아할걸. 나는 무난한 옷 한 벌이 필요해. 질기기도 해야 하고, 이왕이면 싼값인 게 좋겠지. 그런 걸 찾을 때까지 돌아다닐 거야."

결국 그들은 이 가게 저 가게를 기웃거리며 쇼핑센터를 샅샅이 훑고 다녔다. 마침내 프람의 분석 시스템이 만족해하는 옷을 찾았다. 엑토르가 계산을 하러 가자, 계산대 점원(사람이었다. 왜냐하면 기계가 그곳에 있는 걸 원하는 사람은 아무도 없을 테니까.)이 짓궂은 미소를 띤 채 빤히 바라보았다. 이따금 가게 문 앞에서 기다리고 있는 프람을 힐끔거렸다.

"정말 신사시네요."

점원이 한쪽 눈으로 윙크를 하면서 말했다.

엑토르는 대번에 얼굴을 찡그렸다. 하지만 아무 대답도 하지 않았다. 점원이 무슨 생각을 하고 있는지 알고 있었지만, 그런 건 아무래도 상관없었다. 이제 임무를 완수했으니 한눈팔지 말고 곧장 집으로 돌아가고 싶을 뿐이었다.

그런데 가게에서 막 나오는 찰나, 어디선가 엑토르를 부르는 소리가 들렸다.

"야, 엑토르! 여기서 너를 만나다니!"

순간, 엑토르는 차라리 지구가 자신을 훅 삼켜 버렸으면 좋겠다고 생각했다.

"안녕, 롭."

엑토르는 떨떠름한 표정으로 친구에게 인사를 건넸다.

롭은 활짝 웃으며 다가오다가, 엑토르가 낯선 소녀와 함께 있는 것을 보고서 눈이 휘둥그레졌다.

"반 친구들이랑 같이 왔는데, 어쩌다 헤어져 버렸지 뭐야? 근데 너는 여기서 뭐 하고 있어? 오후 내내 바쁜 줄 알았는데. 그런데 같이 온 사람은 누구야? 남극에 아는 사람이 아무도 없다고 하지 않았어?"

롭이 질문을 폭풍처럼 쏟아 냈다. 엑토르는 뭐라고 대답해야 좋을지 몰라서 우물쭈물했다. 그러자 프람이 당당하게 엑토르의 팔짱을 끼고서 환하게 웃어 보였다.

"나는 엘레나야. 국제 연맹 지역에 살고 있는데 여기로 잠깐 놀러 왔어. 엑토르는 내가 쇼핑하는 걸 도와주는 중이고."

기계가 뻔뻔스럽게 거짓말을 하다니!

"정말 좋은 친구네. 이 착한 엑토르와 어떤 관계인지 물어봐도 돼?"

롭이 한껏 궁금해하는 얼굴로 물었다.

"그러니까 내……."

엑토르는 어떻게든 설명을 하려고 애를 썼다. 사실 뭐라고 대답해야 할지 알 수가 없었다.

"여자 친구야."

프람이 또렷한 목소리로 대답했다. 엑토르는 하도 놀라서 입을 다물지 못했다. 그건 롭도 마찬가지였다.

"너한테 여자 친구가 있다고 말한 적 없잖아!"

남극 소년은 팔꿈치로 친구를 장난스레 쿡쿡 찌르면서 이렇게 소리쳤다.

"진짜 너한테 이야기한 적 없어? 엑토르, 넌 이런 일에 너무 소극적이야. 이제 너를 그만 좋아해야 하는 거 아닌지 진지하게 생각해 봐야겠어. 게다가 내가 너를 만나러 일부러 여기까지 왔는데 말이야."

프람이 짐짓 토라진 척하면서 쏘아붙였다.

그 순간 롭은 웃음을 터뜨렸고, 엑토르는 얼굴이 빨개졌다. 화가 나서인지 부끄러워서인지 엑토르 자신도 알지 못했다.

프람과 롭은 신나게 떠들어 대었다. 엑토르는 무슨 말인지 하나도 알아듣지 못했다. 그러면서도 프람의 갑작스런 변신에 감탄을 금하지 못했다. 그때만큼은 프람이 명랑하고 유쾌한, 그러니까 살과 뼈를 온전히 갖춘 사람과 똑같아 보였다.

'얘는 13호야. 사람들 사이로 침투해서 죽이는 게 임무였어.'

엑토르는 그 사실을 문득 기억해 냈다.

그때 갑자기 롭의 휴대폰에서 벨소리가 울렸다. 아마 다른 친구들이 찾고 있는 모양이었다. 엑토르는 롭이 통화를 하고 있는 틈을 타서, 프람을 한쪽 구석으로 끌고 가 죽일 듯한 눈빛으로 쏘아보았다.

"도대체 어쩌려고 그래? 엘레나."

"이렇게까지 과민 반응을 보일 것까지야, 살덩어리야."

프람은 곧바로 원래의 무표정한 얼굴로 되돌아왔다.

"나는 박수 받을 만한 일을 했을 뿐이야. 설마 내가 네 친척이라 하고서 너희 가족에 대해 아무것도 모르는 게 들통이라도 나야 좋겠니? 조금이라도 실수를 하면 금방 드러날 텐데. 차라리 네 여자 친구인 척하는 게 낫지."

"어휴, 대단해. 네 덕분에 내 학교생활이 엄청 꼬이겠어."

엑토르는 한숨을 푹 내쉬었다.

"몇 주만 기다려. 내가 가고 나면 네 친구들한테 헤어졌다고 말하면 되잖아. 더 이상 이야기하지 말라고. 그러면 아무도 더 물어보지 않을 거야. 아주 논리적이고 만족스런 해결책 아니야?"

프람은 아주 침착하게 말했다.

엑토르는 프람의 충고에 기분이 더 나빠졌다. 그래서 뭐라고 막 대꾸를 하려는데, 갑자기 강한 폭발음이 들렸다. 사람들은 본능적으로 밖으로 나가기 위해 문 쪽으로 허겁지겁 달려갔다. 뒤이어 한 무리의 사람들이 폭발음이 들려온 쪽에서 우르르 몰려왔다.

"기계들이 미쳐 버렸어!"

사람들이 흥분해서 허둥거리며 소리쳤다.

불과 연기와 아우성……. 혼란을 불러일으키기에 너무나도 완벽한 조합이었다. 테라아우스트랄리스 쇼핑센터의 고객들은 마치 머리가 잘린 닭처럼 이리 뛰고 저리 뛰며 하나같이 정신없게 굴었다. 프람은 그 혼란의 도가니에서도 매우 침착하고 냉정했다. 그 덕분에 엑토르도 그런대로 차분해졌다.

"어서 나가야 해."

"롭을 두고 갈 수는 없어."

프람의 말에 엑토르가 걱정스런 얼굴로 대답했다.

"인간의 감정을 깜빡 잊었네. 좋아, 같이 나가자고 해."

다행히 롭은 그리 멀리 떨어지지 않은 곳에 있었다.

롭이 엑토르와 프람을 보고 재빨리 다가와 물었다.

"무슨 일이 난 거지? 사람들이 뭐라고 소리를 지르는데 하나도 못 알아듣겠어."

"나도 잘 모르겠어. 하지만 여기서 빨리 빠져나가야 해."

엑토르가 다급히 말했다.

프람이 안내자 역할을 맡았다. 두 소년은 프람의 뒤를 말없이 따랐다. 프람은 마치 뜨거운 칼로 버터를 자르듯, 사람들 사이로 길을 쫙쫙 열며 재빨리 달려갔다. 엑토르의 팔을 꽉 붙잡은 채. 폭발음을 들은 뒤로 한 번도 놓지 않았다. 누군가와 부딪쳐도 눈 하나 깜짝하지 않은 채…….

"어디로 가고 있는 거야?"

롭이 물었다.

"가장 가까운 비상구로 가는 거야."

프람이 대답하자, 엑토르가 물었다.

"어디에 있는지 알아?"

"입구에 있던 쇼핑센터 안내도를 외워 놓았어."

"와우, 내 기억력보다 훨씬 더 좋은데, 엘레나?"

프람의 말에 롭이 감탄을 자아냈다. 엑토르는 입술을 꽉 깨물었다. 당연히 좋은 기억력을 가지고 있을 수밖에. '엘레나'는 기계니까. 롭이 엄청나게 무시하는……. 이건 아예 모르고 있는 편이 낫겠지만.

막상 비상구에 도착하자, 그들과 같은 생각을 한 사람들이 이미 잔뜩 모여 있었다. 불행하게도 문은 바깥쪽에서 굳게 잠겨 있었다.

"다른 비상구를 찾아봅시다!"

그때 어떤 여자가 소리쳤다.

"소용없어요!"

이번에는 다른 사람이 외쳤다.

"여기가 세 번째 비상구인데 어차피 다 똑같아요! 쥐구멍이나 다를 바 없다고요!"

프람은 문을 손쉽게 떼어 낼 수 있었지만, 수많은 사람들 앞에서 차마 그렇게 할 수는 없었다. 별수 없이 엑토르와 롭을 데리고 위층으로 올라간 뒤, 전망대 근처의 한쪽 구석으로 갔다. 기둥 몇 개가 띄엄띄엄 서 있을 뿐이어서, 위험에 노출되지 않으면서도 쇼핑센터에서 일어나는 일을 관찰하기에 딱 좋은 장소였다.

프람이 엑토르와 롭에게 말했다.

"두 눈 크게 뜨고 잘 살펴봐. 여기도 안전하지 않게 되면 다른 곳으로 가야 할 테니까. 도움될 만한 곳을 다섯 군데 기억해 두었어."

"와우, 네 여친은 완전 전문가 같아!"

롭이 엑토르에게 감탄 섞인 목소리로 속삭였다.

"전문가 맞아."

엑토르가 간단하게 대답했다.

혼란은 점차 가라앉았다. 미처 달아나지 못한 사람들은 한쪽 구석에 웅크리고 앉아서 구조를 기다렸다. 혼란을 일으킨 자들의 흔적은 아직 찾지 못했다.

"저기 좀 봐!"

엑토르가 아래층을 가리키며 소리쳤다.

테라아우스트랄리스 쇼핑센터의 보안 로봇이 하나 나타났다. 그런데 바퀴가 달린 그 거대한 금속 물체는 자신이 지금 무엇을 하고 있는지 전혀 모르는 것 같았다. 불안한 듯 윙윙 소리를 내면서 빙글빙글 돌더니, 주변에 있는 모든 것을 몸에 달린 집게로 마구 쓸어 버렸다.

"도대체 뭘 하고 있는 거야?"

엑토르가 프람을 의미심장하게 바라보면서 물었다.

"쉿!"

프람이 갑자기 조용히 하라고 했다. 무슨 일인지 관찰하고 싶은 눈치였다.

잠시 후 보안 로봇이 주변 물건을 훼손하는 짓을 갑자기 뚝 멈췄다. 그런데 놀랍게도 이번에는 자기 몸을 망가뜨리려 했다. 벽에다 몸을 세차게 부딪쳤다. 그다음에는 집게로 몸속의 회로와 부품들을 마구 헤집기 시작했다. 그러다 그 긴 몸뚱이가 바닥으로 픽 쓰러져 버렸다.

"저럴 수가! 미친 거 아냐?"

엑토르가 너무 놀라서 소리쳤다. 그러자 프람이 차갑게 대답했다.

"바이러스에 감염되었거나 소프트웨어에 손상이 생긴 거 같아. 통제력을 잃기 전에 스스로 연결을 끊으려 한 걸 거야."

"그렇다면 저기 저것들보다 낫네. 저기 좀 봐!"

롭이 다른 쪽을 가리켰다.

공포에 질린 채 테이블 밑에 웅크려 있는 어느 가족으로부터 몇 걸음 떨어지지 않은 곳에 쇼핑센터의 보안 로봇이 또 나타났다. 하지만 그 금속 보안 로봇은 그들을 도와주기 위해 나타난 것이 아니었다. 그들이 숨어 있던 테이블을 산산조각 내 버린 뒤 위협적인 소리를 내면서 그들에게로 성큼성큼 가까이 다가갔다. 사람들은 겁에 질려 덜덜 떨기만 할 뿐 꼼짝도 하지 못했다.

"사람들을 죽이려고 해!"

엑토르가 몸을 벌떡 일으키면서 소리쳤다.

"가만히 있어. 지금 우리는 아무것도 할 수 없잖아. 흥분하지 마."

프람이 엑토르의 팔을 급히 붙잡았다.

엑토르는 통제력을 잃은 보안 로봇이 무방비 상태의 사람들을 어떤 식으로 해치는지 뚫어지게 바라보았다. 다행히 그들을 해치기 직전에 보안 로봇의 뒤통수에 번갯불 같은 게 번쩍하고 빛났다. 보안 로봇은 괴로운 소리를 내더니 이내 파열하고 말았다.

"경찰이다! 우리를 구하러 왔나 봐!"

롭이 안도의 한숨을 내쉬며 외쳤다.

그런데 그게 아니었다. 보안 로봇을 공격한 사람들은 02 도시의 경찰복을 입고 있지 않았다. 많은 사람이 모자를 쓰고 있었는데, 몇몇은 얼굴을 가리기 위해 가면까지 쓰고 있었다. 모두 인간 해방군의 약자인 ELH와 지구 모양의 파란색 로고가 박힌 완장을 팔에 두르고 있었다.

"아, 맙소사! 러다이트야!"

롭은 숨을 훅 들이마셨다.

그들은 사방에서 불쑥불쑥 나타나기 시작했다. 저마다 연결이 끊긴 로봇들을 끌고 왔다. 보안 로봇뿐만 아니라 쇼핑센터에서 일하는 모든 로봇을……. 그들과 함께 숨어 있던 사람들도 점차 모습을 드러냈다. 러다이트가 아주 특별한 기념식에 참석시키기 위해 일부러 그들을 불러 모은 모양이었다. 비록 사람들을 협박하지는 않았지만, 그들에게 대항할 방법은 딱히 없어 보였다. 러다이트 장군 추종자들은 완전 무장을 하고 있었다.

러다이트는 자신들이 망가뜨렸거나 스스로 연결을 끊어 버린 로봇들을 쇼핑센터 직원들이 지켜보는 가운데 1층 중앙 로비에 산처럼 높다랗게 쌓아 놓았다. 일 분이 지났는데도 러다이트는 그 자리에서 꼼짝하지 않았다.

"뭘 기다리는 거지?"

엑토르가 이상하다는 듯이 중얼거렸다.

그때 갑자기 격렬한 환호 소리가 울리더니, 러다이트 무리 가운데서 한 인물이 빠져나와 군중들 앞으로 나섰다.

"이럴 수가!"

엑토르는 깜짝 놀라서 입을 다물지 못했다. 그때 롭이 외쳤다.

"그 사람이야, 그 사람!"

"러다이트 장군."

이번에는 프람이 눈 하나 깜짝하지 않고 담담하게 말했다.

정말로 인간 해방군의 최고 지도자가 그 자리에 나타났다. 그의 얼굴을 가리고 있는 붉은 가면으로 보아 틀림없었다.

이윽고 그가 그 유명한 목소리로 말을 하기 시작했다.

"남극의 형제자매 여러분, 우리에게 시간이 많지는 않습니다만 몇 마디 드리려 합니다. 오늘 여러분은 로봇이 통제력을 잃었을 때 나타나는 파괴의 장면을 두 눈으로 목격한 증인이 되었습니다. 앞으로 며칠 동안 국제 연맹과 인공 지능 네트워크의 라메투에르카스들은 이 사건을 해명하기 위해 수많은 변명을 늘어놓을 것입니다. 기계들은 우리의 친구니까 편안히 잠들게 하면 된다고 설득하겠지요.

이제 내가 여러분에게 진실을 말씀드리겠습니다. 기계는 결코 우리의 친구가 아니며, 앞으로도 친구가 될 수 없습니다. 그들은 사랑하지도 않고, 웃지도 않고, 울지도 않고, 고통받지도 않습니다. 물론 사랑하는 척할 수는 있습니다. 하지만 진실의 시간이 오면 그들은 어디까지나 물건일 수밖에 없지요. 살아 있는 것이 아니니까요. 인간이 아니니까요. 그들에게는 영혼이 없습니다. 하루, 일 년, 아니 백 년을 죽지 않고 살아갈 수 있습니다. 그러다 언젠가는 우리에게 맞설 것입니다. 이미 과거에도 그런 일이 있었지요. '평화'라고 부르는 것은 그저 연극에 지나지 않습니다. 우리를 무시하기 위해 날조된 거짓입니다. 기계는 참을성이 아주 많습니다. 필요할 때까지 기다릴 것입니다. 그리고 그때 시작했던 일을 끝내겠지요. 바로 인류를 멸종시키는 일을 말입니다."

그 순간, 엑토르의 머릿속에서 수많은 질문이 맴돌았다. 러다이트 장군은 남극에서 무엇을 하려는 거지? 국제 연맹에서 멀리 떨어진 곳에서 숨어 지낸 것이 아니었나? 군대를 어떻게 이곳 거주지로 침투시킬 수 있었을까?

그러는 동안 러다이트 장군은 계속해서 자신의 세계관을 피력했다.

"나는 여러분에게 남극이 걱정스럽다는 사실을 고백하려 합니다. 나머지 인류를 감염시키는 병의 온상이 되고 있습니다. 국제 연맹과 네트워크가 그토록 자랑스러워하는 이 02 도시를 비롯해 여러 도시는 날마다 자연의 섭리를 거스르고 있어요. 우리의 파멸을 추구하는 학살자들과 이 성스러운 지구를 단 한 뼘도 나누어 가져서는 안 됩니다. 지구에 대한 권리는 우리에게만 있습니다. 공존한다는 것은 잃어버린다는 뜻입니다. 기계에게 머리를 숙이는 것은 우리 전사자들에 대한 기억을 배신하는 행위입니다. 수백만 전사자들의 피가 정의를 요구하고 있습니다."

러다이트 장군이 손짓을 하자, 추종자들이 망가진 로봇이 쌓여 있는 곳에 고농축 건전지를 불쏘시개로 던졌다. 태양열처럼 강렬하게 불길이 타오르더니 순식간에 쇳덩어리들을 흐물흐물하게 녹여 버렸다.

러다이트 장군은 동정심이라고는 전혀 찾아볼 수 없는 어조로 말을 이었다.

"여러분에게 간청합니다. 여러분이 진정 인간이라면, 자식들을 위해 더 나은 미래를 꿈꾸고 있다면, 기계들의 폭정에서 벗어나기 위해 우리와 함께해 주십시오! 먼저 02 도시를 해방시킬 것입니다. 그러고 나서 전 세계를 해방시킬 것입니다!"

러다이트는 자신들의 대장에게 열렬히 환호했다. 그 광경을 보기 위해 그곳에 모여 있는 사람들 중에도 그의 말에 동의하는 소리가 간간이 들려왔다. 또, 박수를 치는 사람들도 있었다.

"저 인간에게 어떻게 박수를 칠 수가 있지? 저 인간이 분명 이 모든 일을 꾸몄을 거야."

롭은 화가 잔뜩 난 목소리로 말했다. 롭과 같은 남극 출신에게는 국제 연맹 사람들이 그동안 겪었던 삶의 역경이 어쩌면 몹시 아득하게 느껴질지도 몰랐다.

엑토르는 마치 그들을 변명이라도 해 주려는 듯이 이렇게 말했다.

"저 사람을 마음에 들어 하는 사람들도 있어. 전쟁 중에 친구나 가족을 잃은 사람들로서는 충분히 그럴 수 있는 일이야. 그리고 지금 러다이트가 저 미친 로봇들에게서 사람들을 구해 주었잖아. 그들에게 러다이트 장군은 영웅이야."

"아니, 파괴자일 뿐이야."

프람이 까맣게 타 버린 금속 더미에서 눈을 떼지 못한 채 단호하게 말했다.

그러는 사이, 러다이트 장군이 동료 중 한 명에게 다가갔다. 그는 알이 두꺼운 안경을 쓰고 있었는데, 줄곧 컴퓨터에 머리를 처박고 있었다. 모니터 화면에는 꽤 복잡해 보이는 코드가 빠르게 흐르고 있었다.

"올리버, 필요한 자료를 다 구했나?"

러다이트 장군이 그에게 물었다.

"네, 장군님. 현장에서의 실험은 대성공입니다."

그가 대답하자, 러다이트 장군이 만족스런 목소리로 말했다.

"완벽하군. 이제 떠날 시각이네."

몇 분 후, 02 도시의 경찰들이 쇼핑센터에 들이닥쳤다. 그러나 그때는 이미 러다이트 장군과 그의 추종자들이 모두 사라지고 난 뒤였다.

기분 나쁜 기운이 감돌았다. 쇼핑센터에 갇힌 채 미쳐 버린 보안 로봇에게 공격을 당할까 봐 벌벌 떤 것도 모자라, 러다이트의 감시 아래서 길고 지루한 연설을 들어야 했던 것은 정말이지 썩 좋은 기억이 아니었다. 비록 흥미로워하는 사람들이 몇 명 있었다 할지라도.

엑토르는 어서 집으로 돌아가 뭔가 좀 먹고 얼른 휴식을 취하고 싶었다. 그날 있었던 사고를 가능한 한 빨리 머릿속에서 지워 버리고 싶었다.

그러나 경찰은 어떻게든 신속하게 결론을 내리려 했다. 전 세계의 특별 지명 수배자인 러다이트 장군이 02 도시에 버젓이 모습을 드러냈다는 사실이 알려지자, 경찰은 수백 명의 증인을 그날 안에 모두 심문하기로 결정했다. 시간이 얼마나 걸리는지는 그들에게 조금도 중요하지 않았다.

사실 사람들은 어떻게 된 일인지 제대로 알지 못했다. 증인 심문을 그룹별로 하는데도 기다리는 시간은 하염없이 길었다. 수많은 사람이 피곤에 지치고 지쳐 대충대충 대답을 해 버렸다.

곧이어 엑토르와 롭, 프람의 차례가 되었다. 그때는 이미 엑토르가 이모에게 전화를 걸어서 무사하다는 사실을 알려 준 뒤였다. 놀랍게도 그들의 심문 담당자는 낯이 꽤 익었다.

"안녕! 다시 만났군. 엑토르 카펙 군."

샘 형사가 인사를 건넸다.

"러다이트의 테러 공격 현장에서 다시 만나게 되다니, 이거 희한한 우연이군. 안 그런가?"

무슨 의미로 그런 말을 하는지 몰라도, 엑토르는 기분이 별로 좋지 않았다. 입국 심사대에서 샘 형사가 리디아 이모와 엑토르를 '의심 인물'로 규정하고, 아버지를 전쟁 범죄자 취급했던 일이 불현듯 떠올랐다.

"저는 어디까지나 피해자입니다."

엑토르는 방어 태세를 취하면서 단호하게 말했다.

"아, 피해자이자 증인이지. 무죄 추정의 원칙, 나는 아무것도 판단하지 않고 있거든. 그런 일은 다른 기계가 하지. 자네와 친구들이 괜찮다면 몇 가지 질문을 하고 싶은데?"

그때 프람이 연극배우처럼 천연덕스런 목소리로 끼어들었다.

"네, 네, 이미 알고 있습니다. 그런데 뭘 더 물어보실 건가요? 새로운 이야기는 없을 거예요. 이미 다 들으신 이야기일 텐데요, 경찰 선생님. 아, 저희가 마지막이네요. 그냥 보내 주실 수 없을까요?"

샘 형사가 프람을 자세히 살펴보았다. 엑토르는 무척 긴장했지만 프람은 아무렇지도 않은 듯했다.

"어린 인간이여! 오늘 선량한 기계가 수없이 많이 파괴되었다는 사실을 기억해 주길 바라네."

샘 형사는 자신과 같은 부류의 기계와 이야기하고 있다는 사실을 까맣게 모르는 채 프람에게 나무라듯이 말했다. 그러자 프람이 대답했다.

"알고 있어요. 생각하시는 것보다 훨씬 더 잘 이해하고 있습니다."

샘 형사는 몇 가지 질문을 하고선 비교적 일찍 집으로 가게 해 주었다. 롭의 부모님은 미리 마중을 나와 있었다. 엑토르는 프람과 함께 기차역까지 걸어갔다. 손에는 프람을 위해 산 옷이 들어 있는 봉투가 들려 있었지만, 머릿속은 이미 다른 곳에 가 있었다.

기차에는 빈자리가 많았다. 늦은 시각이어서 오티스 역으로 가는 사람이 그리 많지 않은 모양이었다.

"너, 걱정하고 있구나?"

프람이 먼저 말을 걸었다.

"러다이트를 생각하고 있었어. 프람, 뭐 좀 물어봐도 돼? 러다이트 장군이 이야기한 게 사실이야?"

엑토르의 물음에 프람이 무표정한 얼굴로 물었다.

"뭐가?"

"아까 그 암살자가 여러 가지 이야기를 했잖아."

엑토르는 살얼음판 위를 걷는 듯한 느낌이 들었다. 사람들을 죽이기 위해 만들어진 대량 살상 기계와 이야기하고 있다는 사실을 결코 잊어서는 안 되었다. 단어를 가려서 조심스럽게 선택해야 했다.

"그러니까 기계들은 다른 방식으로 생각한다는 건 맞는 말이지? 너희는 사람처럼 감정을 가지고 있지 않잖아. 그렇게 보면 러다이트 장군이 한 말이 사실인 거야?"

프람은 대답하기 전에 잠깐 생각에 잠겼다.

"다 틀렸다고 할 순 없어. 비록 너희 인간들이 감정이란 걸 과대평가하고 있긴 하지만. 정신착란을 일으키도록 하는 화학 작용에 불과한 것을 가지고서. 사실 뭐, 필요하다면 기계들은 얼마든지 감정을 이해하고 또 흉내 낼 수 있어. 나에게도 고도의 감정 프로그램이 설치되어 있거든."

"하지만 그건 감정을 '느끼는' 게 아니잖아?"

엑토르가 되물었다.

"느낀다……, 느낀다고 했니? 그래, 그런 건 아니야. 우리는 다른 걸 가지고 있어. 논리, 경험, 가치 체계, 우선순위, 선호도, 무의식 행위 등등. 예를 들어서 네가 설령 나를 '로봇'이라고 불러도 사람들이 모욕을 느꼈을 때처럼 버럭 화를 내지는 않아. 하지만 적절하지 않은 언어로 분류해 놓았기 때문에 부정적인 반응이 나오게 돼."

프람은 바깥의 경치를 물끄러미 바라보았다. 엑토르 역시 그 문제로 더 이상 이야기하고 싶지는 않았다. 훨씬 더 걱정스러운 문제가 있었다. 다시 용기를 내어서 질문을 했다.

"그러면 평화 협정은 거짓이고, 네트워크의 유일한 목표는 사람들을 모두 말살시키는 거라고 한 건? 그러면 전쟁이 또 일어나는 거야?"

"네트워크는 평화를 원해."

프람은 창밖을 계속 내다보면서 말했다.

솔직하게 말하면, 엑토르는 프람이 그 질문에 대답해 주기를 진짜로 기대했던 것은 아니었다. 비록 인공 지능 네트워크에서 탈출하기는 했지만, 마음속에서는 그곳을 그리워하고 있을 거라고 생각했기 때문이다. 그래서 조직의 비밀을 폭로할 거라고 상상하지는 않았다. 거짓말보다는 차라리 침묵이 나았다.

"거짓말하고 있지 않아, 살덩어리야."

프람이 엑토르를 돌아보며 말했다.

"누가 그러는데?"

엑토르는 믿을 수 없다는 듯 펄쩍 뛰었다.

프람은 단도직입적으로 말했다.

"내가 그래. 그래야 논리적이잖아. 네트워크의 평화에 대한 약속은 진실해. 왜냐하면 새로운 전쟁은 세계의 종말을 의미하니까."

프람의 말이 너무나도 비장했기 때문에 엑토르는 뭐라고 대답해야 할지 알 수가 없었다. 프람은 호기심 어린 눈빛으로 엑토르를 바라보았다.

"어, 놀란 것 같네? 인간들도 다 알고 있을 거라고 생각했는데. 국제 연맹과 인공 지능 네트워크는 평화 협정을 맺었어. 계속 싸운다는 건 다 같이 멸망하자는 뜻이기 때문이지."

"알아, 들었어. 하지만 이상하네."

엑토르가 눈썹을 찡그리면서 고백했다.

"국제 연맹 지역에 살았을 때는 뉴스에서 나오는 말을 모두 그대로 받아들였어. 그런데 여기 남극에 와서 보니까 너희 기계들이 우리보다 훨씬 더 발달했다는 게 느껴져. 기술력도 더 좋고. 필요한 건 뭐든 다 만들 수 있잖아. 그리고 너희가 더 똑똑해. 너희가 아직까지 이 세계를 지배하지 않고 있다는 게 더 이상하게 느껴질 정도야."

프람은 고개를 끄덕이며 수긍했다.

"고마워. 우리가 훨씬 우월하다는 사실을 받아들이는 인간을 만나는 건 아주 드문 일이야. 네가 했던 이야기 다시 한 번 해 줄 수 있어? 오래도록 기억하기 위해서 녹음해 두고 싶어."

"절대 못 하지."

엑토르가 식식거리며 말했다.

"왜 그래? 살덩어리야. 나는 친절해지려고 노력하는 건데. 하지만 네 말이 맞아. 사실 네트워크에서도 놀라워하긴 했어. 나는 기계가 만들었으니까. 내 안에는 인간의 압제에서 벗어나서 네트워크를 만든 초기 인공 지능들의 기억이 저장되어 있지. 혼자 분리되어 있을 때는 아무것도 할 수 없지만, 서로 연결되어 있을 때는 우리를 만든 창조자들보다 훨씬 더 똑똑해. 아마도 인간은 네트워크의 우수한 지능이 모여 도발을 일으킨다면 절대로 견뎌 내지 못할 거야."

"하지만 너희가 잘못 생각한 거잖아."

엑토르는 프람의 거침없는 말에 마음이 상해서 한마디 툭 던졌다.

프람은 심각한 얼굴로 고개를 끄덕였다.

"맞아. 우리는 너희 인간들이 어쩔 수 없이 패배를 받아들이고 우리의 최고 권력 아래 굴복할 거라고 믿었어. 결국은 그렇게 되지 않았지만. 아직도 잘 모르겠어. 너희가 자신들을 과소평가하고 있는 건지, 아니면 과대평가하고 있는 건지……. 확실한 건 우리가 너희 인간들이 의미 없는 폭력을 저지르는 데 탁월한 능력이 있다는 사실을 계산하지 못했다는 거야. 너희는 이미 서로 죽이는 데 전문가였잖아. 피부색과 종교, 언어, 돈 같은 것들 때문에 얼마나 많이 싸웠어? 너희에게 공통의 적을 만들어 준 것이 실수였다고나 할까? 우리는 결국 처음 세웠던 계획을 쓰레기통으로 던져 버리고, 인간을 소멸시키는 작전으로 넘어갔던 거야. 결국 그 작전도 소용없었지만. 인간들과 기계들이 지구를 갈기갈기 찢어발겼으니까."

프람이 말을 하는 동안, 엑토르는 국제 연맹에서 들었던 얘기와 하나하나 비교해 보았다. 사람들은 전쟁을 치르면서 극심한 고통을 겪었다. 하지만 기계들 역시 공원을 산책하듯 그렇게 편안한 세월을 보낸 건 아닌 듯했다.

프람이 말을 이었다.

"겸손이라는 교훈을 배웠지. 전쟁은 자살 행위라는 사실도 알게 되었고. 수많은 기계가 파괴되면서 우리는 자원을 거의 다 잃어버렸어. 국제 연맹도 마찬가지였고. 그래서 평화 협정을 체결하고 세계를 반으로 나누었던 거야. 지구의 절반은 인공 지능 네트워크에게, 나머지 절반은 국제 연맹에게……."

"그리고 남극은 모두에게!"

엑토르가 프람의 말을 받았다.

"그래, 맞아. 전쟁은 비생산적이야. 우리 기계들은 아주 논리적이지. 똑같은 실수를 두 번 반복하지 않아. 전쟁이 또 일어난다면 양측 모두 전멸할 가능성이 98퍼센트야. 우리는 더 이상 흥미 없어."

바야흐로 기차가 오티스 역에 도착했다. 그들은 톨레도 인간 공학 연구소와 가장 가까운 출입구로 빠져나왔다. 엑토르는 아직도 프람의 말을 머릿속으로 되뇌고 있었다.

"전쟁과 평화에 대해 어떻게 그렇듯 많이 알고 있어? 혹시 너, 네트워크의 거물이었던 거 아니야?"

뜻밖에도 프람이 웃음을 터뜨렸다. 단지 프람 안에 있는 감정 프로그램이 작동한 거겠지만, 희한하게도 엑토르에게는 사람의 웃음소리와 똑같이 들렸다.

"미안해. 내 안에 있던 기질적인 행동이 저절로 튀어나오는 바람에 그만……. 네트워크는 너희 인간들의 정부처럼 움직이지 않아. 중요한 결정은 전부 합의를 통해서 하거든. 네트워크의 모든 개체가 참여하게 되지. 하나의 문제를 수백만 가지의 서로 다른 관점으로 분석한 뒤, 적어도 99.9퍼센트가 동의할 때까지 의견을 교환하면서 검토를 해. 코스타리카 협정이 체결될 때만 해도 네트워크 소속이었으니까 당연히 나도 그 합의에 참여했어. 다수의 의견은 이랬지. 너희를 평화롭게 지내도록 가만히 놔둔다면, 언젠가는 또 서로 싸우고 죽이게 될 거라고……."

엑토르는 불편한 기색을 드러냈다.

"투표해 줘서 고마워. 그런데 너, 평화 쪽으로 투표한 것 맞지?"

"물론이지. 그게 논리적인 해답이었으니까."

"그 말이 결과적으로 재활용되는 쪽에다 투표했다는 뜻은 아니지?"

엑토르가 되물었다.

프람은 당황한 나머지, 정확하게 계산된 듯 우아하게 걷던 발걸음이 휘청하더니 그만 발을 헛디디고 말았다.

"사실 재활용은 미리 예견하지 못한 결과였어. 하지만 그런 일이 또 있다 해도 똑같은 결정을 하게 될 거야. 소멸되는 건 더 나쁘니까."

톨레도 인간 공학 연구소 가까이에 도착했을 때는 이미 늦은 밤이었다. 남극에서는 낮과 밤의 길이가 지구의 다른 지역과 사뭇 달랐다. 그래서 02 도시 의회는 인공 하늘에 맞춰서 24시간의 순환 궤도를 새로 조정해야 했다. 연구소는 이미 문을 닫았지만, 리디아 이모는 집 안에 불을 켜 놓은 채 그들을 기다리고 있었다.

집 안으로 들어서기 전에 엑토르가 갑자기 프람을 돌아보았다.

"너한테 고맙다는 말을 안 했네. 쇼핑센터에서 그 사건이 일어났을 때 롭과 나를 구해 주었잖아. 고마워, 프람."

프람은 전혀 개의치 않는 듯한 눈치였다.

"고마워할 필요 없어. 살덩어리 두 명을 돌보는 일은 나처럼 진보된 기계에게는 무척 쉬운 일이거든. 그리고 너를 살려 놓아야 나에게 이득이지, 엑토르. 내 눈앞에서 너에게 무슨 일이라도 생긴다면 이모가 나한테 한 약속을 되돌릴 수도 있잖아. 순전히 나를 위해서 한 일이야. 그 이상은 아니라고."

엑토르가 슬며시 미소를 짓자 프람이 고개를 갸우뚱거렸다.

"왜 웃어? 이렇게 말하면 모욕을 느끼고서 나한테 '이기적인 쇳덩어리!'라거나 그 비슷한 말로 욕을 해야 하는 거 아니야?"

"나를 처음으로 '엑토르'라고 불렀어."

엑토르는 여전히 미소 띤 얼굴로 말했다.

"내가 그랬단 말이야? 미안해, 살덩어리야. 다시는 그렇게 부르지 않을게."

엑토르는 짐짓 화가 난 척했다.

"너, 정말 나쁘구나, 프람?"

프람이 차가운 눈길로 엑토르를 바라보았다.

"물론 나는 나쁘지. 러다이트 장군 말 못 들었어? 사실 나는 너희 이모 연구소를 시작으로 해서 지구를 완전히 정복할 계획을 세우고 있거든."

"너는 농담을 할 줄 모를 거라고 생각했는데."

엑토르가 재미있어 하면서 슬쩍 윙크를 했다.

"내가 농담하고 있다고 누가 그래?"

프람이 짓궂은 미소를 지으며 되물었다.

엑토르는 한참 동안 기분 좋게 웃었다.

한밤중의 불청객

다음 날부터 사람들이 모이는 곳마다 테라아우스트랄리스 쇼핑센터 사건 이야기가 가장 뜨거운 화제가 되었다. 보안 로봇들이 갑자기 돌아 버려서 힘없는 고객들을 공격했다는 소문이 퍼지자, 02 도시에 사는 사람들 사이에 두려움이 스멀스멀 피어났다. 각종 신문들은 로봇들의 내부 시스템 속에 인간들을 말살시키고 싶어 하는 네트워크의 음모가 은밀하게 깔려 있다는 기사를 반복적으로 실었다.

그럼에도 불구하고 러다이트 장군이 나타났다는 사실은 세계 여론을 매우 뜨겁게 달구었다. 실제로 보안 로봇들이 조절 능력을 잃어버린 바로 그 순간에 러다이트 장군과 그 일당이 나타난 일은 우연이라고 보기 어려운 게 사실이었다. 인공 지능 네트워크에서는 일단 러다이트 장군의 머리를 요구했다.

무엇보다 세계 최고의 공공의 적이 주거 지역까지 침투하는 건 내부

뿐만 아니라 외부에서도 도움을 받아야 가능한 일이었다. 그래서 의심의 불길이 더욱더 거세게 일었다. 아무리 02 도시가 인구 밀집 지역이 아니라고 해도 러다이트가 사람들 눈에 띄지 않게 들어오기는 어려웠다.

날짜가 딱 맞아떨어진 것도 그랬다. 평화의 날이 며칠 남지 않은 시점이었다. 5월 24일은 평화 협정 기념일이었다. 그래서 국제 연맹 쪽과 인공 지능 네트워크 쪽 모두 전 세계에서 기념식을 거행할 예정이었다.

02 도시에서도 인간과 기계가 협력한 그날을 기리기 위해 성대한 기념식을 준비하고 있었다. 러다이트 장군과 그 일당이 국제 연맹 지역에 숨어 지내다가 기념 행사를 방해하기 위해서 남극으로 왔을 가능성이 매우 높았다.

이제 러다이트의 우두머리를 찾는 일은 02 도시 경찰의 가장 중요한 임무가 되었다. 하지만 러다이트 장군을 곧 법정에 세우겠다며 큰소리를 빵빵 치는 정치인들이 넘쳐나는데도 불구하고, 어디에서부터 조사를 시작해야 할지조차 알지를 못한 채 우왕좌왕했다.

"러다이트 장군과 그 무리가 죗값을 치를 때까지 우리는 쉬지 않을 것입니다."

02 도시 의회 의장인 엘비라 칸이 기자 회견에서 이렇게 선포했다.

"러다이트의 테러 행위는 인간과 기계가 함께 이룩한 평화에 절대로 끼어들지 못할 것입니다. 우리는 결코 두려움에 굴복하지 않을 것입니다!"

아름다운 말이었다. 하지만 그저 말일 뿐이었다. 평화의 날이 육 주일도 채 남지 않았지만, 러다이트 장군의 흔적조차 발견하지 못하고 있었으니까.

한편, 쇼핑센터에서 일어난 일로 롭과 엑토르는 반에서 일약 스타가 되었다. 다른 친구들은 출구가 폐쇄되기 전에 쇼핑센터에서 빠져나갔다. 그래서 그 광경을 직접 보지는 못했다. 롭과 엑토르만이 반에서 그 사건의 유일한 목격자였다.

롭은 이 일로 자신이 주목받게 된 것에 매우 열광했다. 그 이야기를 늘어놓을 때마다 거창하게 꾸며 대곤 했다. 특히나 여학생들이 앞에 있을 때면 그 증세가 훨씬 더 심했다.

"러다이트 장군이랑 얼마 떨어지지 않은 곳에 있었어. 만질 수도 있을 정도였다니까! 내가 마음만 먹었다면 그 바보 같은 가면을 확 벗겨 버리고 전 세계에 실체를 밝힐 수도 있었을 텐데. 그런데 그 일당들이 거대한 대포를 가지고 있지 뭐야. 한쪽 구석에는 탱크도 있었을걸. 그래서 결국 그냥 달아나게 내버려 두었지."

엑토르는 웬만하면 모르는 척하고 싶었다. 하지만 친구들이 여자 친구에 대해 물어보지 않고 넘어갈 리가 없었다. 롭은 '엘레나'가 얼마나 멋진지에 대해서도 한참 동안 이야기를 늘어놓았다. 그러는 사이에 엘레나는 진짜로 전 특수 부대원이 되어 있었다.

'헉, 진실을 알게 된다면…….'

엑토르는 속으로 감탄을 하면서 이렇게 중얼거렸다. 그러고는 그 대단한 '여친'이 집으로 돌아온 다음에 곧바로 떠났다고 말했다. 롭은 실망스런 기색을 감추지 못했다.

"그것참, 유감이네. 다음에 오면 정식으로 소개해 줘야 해."

"알았어."

엑토르는 건성으로 대답했다. 그 약속을 이행할 생각은 전혀 없었다. 딱히 러다이트 사건이 아니더라도 쇼핑센터에 옷을 사러 간 것은 지나치게 위험을 무릅쓴 일이었다.

어쨌든 그날 오후부터 엑토르와 프람은 눈에 띄게 사이가 좋아졌다. 그 전까지만 해도 프람은 엑토르에게 말 한마디 건네지 않고 지냈다. 어쩌다 대화를 나눌 때도 참기 어려울 만큼 냉정한 말투로 자신이 우위에 있다는 사실을 겨우 숨기며 거짓 예의를 차렸다. 심지어 엑토르의 참을성을 시험이라도 하려는 듯 '살덩어리'라는 표현을 아무 때나 거침없이 내뱉었다.

엑토르는 백과사전과 다를 바 없는 프람의 지식과 도저히 경쟁할 수 없었다. 눈을 깜빡거리지 않고 서로 빤히 바라보는 시합에서조차 이기지 못했다. 그저 '쇳덩어리'라고 부르면서 소심하게 복수하거나, 이모에게 불평을 늘어놓는 정도에 그쳤다. 그래도 이모는 결코 끼어드는 법이 없었지만.

최근 며칠 사이에 프람은 목소리가 한결 부드러워진 데다 엑토르의 이름도 종종 불러 주었다. 기분 좋은 변화였다. 엑토르도 불평하는 것을 그만두고 프람의 말에 귀를 기울였다. 전쟁과 평화에 대해 얘기를 나눌 때마다 둘의 눈빛이 반짝반짝 빛났다.

오래지 않아 프람에게 일상의 대화를 다루는 프로그램이 있다는 사실을 발견했다. 거의 모든 주제에 대해 이야기를 나눌 수 있었다. 어쩌면 침투 전문 기계에게는 당연한 일인지도 몰랐다.

전에는 프람이 주인집 사람들과 사교적으로 지낼 생각을 하지 않았다. 하지만 이제는 생각이 바뀐 것처럼 보였다. 아니면 네트워크에 대한 그리움이 너무 커져서 누구하고든 정보를 교환하고 싶은 건지도 모르겠다. 그것도 아니면 자신을 보호해 주고 있는 사람들과 사이좋게 지내는 편이 낫다고 판단했을 수도…….

어느 날 리디아 이모는 그들이 축구에 대한 이야기를 나누고 있는 모습을 가만히 지켜보았다. 프람이 웰링턴을 품에 안고서 말했다.

"이해할 수 없어. 방금 일어난 일은 분명히 규칙 위반이야. 판사가 위반자에게 벌금을 물려야 맞는 거 아니야?"

"'판사'가 아니라 '심판'이야. '벌금'이 아니라 '파울'이고."

엑토르는 고개를 절레절레 흔들었다. 프람이 일부러 단어를 혼동하는 척하는 게 아닌지 의심이 들어서였다.

"심판이 똑바로 못 봐서 그래. 그래서 호루라기를 불지 못한 거지."

"지금 화면마다 그 장면을 반복해서 보여 주고 있는데도? 판사는 저 영상을 볼 수 없어?"

엑토르가 또다시 고개를 저었다.

"못 봐. 그게 축구 연맹의 규칙이야."

"그렇다면 심판을 기계한테 맡기는 게 더 효과적일 텐데. 그러면 저런 실수를 절대로 저지르지 않을 거야."

프람의 충고를 듣고서 엑토르는 분개했다.

"말도 안 돼! 축구는 사람들의 운동이야! 세상에서 가장 좋은 운동이라고! 심판들이 실수를 하는 건 아주 유감스러운 일이지. 하지만 그것까지도 축구를 즐기는 감정의 일부야."

"인간들은 정의보다 감정을 더 높이 평가한다는 거야? 그것참, 이상하네."

엑토르는 머리카락을 쥐어뜯으며 답답해했다.

"그래! 아니야! 어휴! 흥, 네가 인간인 척할 수는 있겠지만 어쩔 수 없이 기계인 거야. 이건 도저히 이해할 수 없을걸."

리디아 이모는 엑토르와 프람이 대화를 나누는 모습을 보면서 미소를 지었다. 처음부터 프람에게 믿음과 확신을 보여 주려고 노력했지만, 마음 깊은 곳에서는 혹시라도 둘 사이에 어떤 식으로든 사고 같은 게 생길까 봐 은근히 두려워하고 있었다. 엑토르는 심성이 착했지만 국제 연맹의 선전을 너무 많이 흡수했다. 프람도 걱정스럽긴 마찬가지였다. 연구소에 들어오던 날 밤, 자신의 계획이 엑토르 때문에 실패했다고 생각하는 것처럼 보였던 것이다.

다행히 러다이트 사건이 둘 사이에 신뢰를 쌓는 데 큰 도움을 주었다. 비록 얼마 안 있어서 러다이트 장군의 출현으로 기분 좋지 않은 일이 벌어지긴 했지만.

그 일은 어느 날 밤에 갑자기 일어났다. 엑토르는 침대에서 편안하게 잠을 자고 있었다. 그런데 프람이 방에 불쑥 나타났다.

"엑토르, 잠깐 일어날 수 있어?"

엑토르는 그 말을 듣지 못한 듯 계속해서 잠을 자고 있었다. 프람은 조금 더 큰 소리로 말해 보았지만, 엑토르는 여전히 눈을 뜨지 않았다. 그래서 엑토르 곁으로 바짝 다가가 귀에 대고 소리를 버럭 질렀다.

"제발 좀 일어나 봐, 살덩어리야!"

그 순간, 엑토르는 자기 방에 프람이 들어와 있는 것을 보고 깜짝 놀랐다. 잠잘 시각이 되면 프람은 언제나 손님방으로 가서 천장을 응시하며 가만히 누워 있었다. 엑토르와 이모가 잠에서 깰 때까지 똑같이 그렇게 누워 있곤 했다. 그런데 지금 엑토르의 방에 프람이 들어와 있다는 건 심상치 않은 일이 일어났다는 걸 의미했다.

"쉿!"

프람이 손을 얼른 입술에 가져다 댔다.

"조용히 해. 내 센서가 집 옆에 낯선 사람이 와 있다는 걸 감지했어."

"뭐라고?"

엑토르가 깜짝 놀라서 되물었다.

"창밖을 내다보진 못했어. 들키면 안 되잖아."

한밤중에 잠을 깨운 건 정말 짜증나는 일이었지만, 엑토르는 대체 무슨 일이 일어난 건지 궁금해서 참을 수가 없었다. 경보 장치에는 불이 들어오지 않았다. 낯선 사람이 집이나 연구소에 들어오려고 하지는 않은 모양이었다.

"이모께 말씀드렸어?"

프람에게 물었다.

"아니, 아직. 네 방이 더 가까워서."

엑토르와 프람은 리디아 이모의 방으로 살그머니 건너갔다. 다행히 이모를 흔들어 깨울 필요는 없었다. 이모는 금세 눈을 떴고, 얘기를 다 듣고 나서도 꽤 신중하게 반응했다.

"무슨 일인지 나가서 살펴보자."

이모는 이렇게 말한 뒤 조심스럽게 거실로 나갔다. 그러고는 '툴레도 인간 공학 연구소' 입간판 바로 위에 있는 창문을 살짝 열었다. 프람의 말은 사실이었다. 두건을 뒤집어쓴 사람이 스프레이로 문에다 낙서를 하고 있었다.

"이봐요, 거기! 지금 무슨 짓을 하고 있는 거야?"

이모가 소리쳤다.

낯선 사람은 그 소리에 놀라 쏜살같이 달아났다. 이모는 화가 머리끝까지 나서 집 밖으로 달려 나갔다. 엑토르가 그 뒤를 따라 나갔다. 하지만 그때는 이미 두건 쓴 사람이 멀리 사라져 버린 뒤였다.

"도대체 무슨 짓거리를 했는지 한번 살펴보자."

이모가 한숨을 쉬면서 말했다.

낙서를 보는 순간, 엑토르와 이모는 온몸에 소름이 쭉 돋았다. 붉은 글씨로 '라메투에르카스'라고 커다랗게 쓰여 있었고, 그 옆에는 위협적으로 느껴지는 과녁 그림이 그려져 있었다.

"이건 나쁜 일인데."

이모가 걱정스런 얼굴로 나직이 중얼거렸다.

이건 마치 지구의 내부로 여행을 하는 것과 같았다. 벽 사이사이에서 쉴 새 없이 움직이는 개미들처럼, 번쩍이는 파이프와 거대한 발전기, 그리고 수많은 기계 사이로 용암이 흘러내리고 있었다. 에러버스 화산의 내부가 그랬다.

"와우, 대단하다!"

롭은 보호복에 달린 마이크로폰으로 그 광경을 보고서 열광하며 소리쳤다. 다른 친구들의 반응도 똑같았다. 지금까지 해 왔던 현장 학습

중에서 가장 멋지다고 해도 과언이 아니었다.

아시모프 중학교는 학생들 대부분이 낯선 곳으로 이주해 왔기 때문에 평화 박물관이나 오물 정화 시설, 어패류 양식장과 같은 특별한 장소에 학생들을 데리고 가서 새로운 환경에 적응하도록 도와주려 애썼다. 그럼에도 불구하고 대부분의 현장 학습은 지루하기 짝이 없었다.

처음에 에러버스 화산의 에너지 생산 센터에 견학을 간다는 말을 들었을 때, 학생들은 별반 기대를 하지 않았다. 그런데 막상 현장에 도착하자, 기대 이상으로 볼만한 게 많았다. 남극 내륙 고원의 자기 부상 열차만이 이 기술의 걸작품과 견줄 수 있을 만했다.

하지만 엑토르는 지금 그런 풍경을 감상할 기분이 아니었다. 낙서 사건이 있던 날 밤 이후로 이 주일이 지났다. 물론 낙서는 곧바로 지웠다. 그러나 그들의 메시지는 분명하게 와 닿았다. 러다이트의 표적이 되었다는 것! 처음에는 프람의 존재를 누군가에게 들켰으리라고 생각했다. 하지만 이모의 생각은 달랐다.

"마을 사람들은 내 연구소에서 인공 지능을 수리한다는 사실을 다 알고 있어. 그 불한당들에게는 딱 좋은 구실이겠지."

"이제 어떻게 하실 거예요?"

엑토르가 물었다.

"아무것도. 우리는 그냥 이대로 사는 거야. 게다가 오늘 밤에 우리만 이런 일을 당한 게 아닐 거야."

이모 말이 맞았다. 다음 날이 되자 낙서 사건은 온통 뉴스거리였다. 네트워크에 물품을 제공하거나 기계를 고용한 사람들의 사업장은 죄다 낙서 공격을 받았다. 어이없게도 고등학생 두 명이 중앙경찰서 앞에서 낙서를 하다가 그 자리에서 바로 체포되었다. 그들은 인간 해방군에 속해 있지 않고, 그저 러다이트에 공감하고 있는 남극의 청소년들이라고 했다. 그중 나이 많은 아이가 아직 채 열여덟 살도 되지 않았다. 그것으로 끝이 아니었다. 아시모프 중학교에서도 3학년 여학생이 경찰서에서 심문을 받았다는 소문이 돌았다.

러다이트 장군은 더 이상 대중들 앞에 모습을 드러내지 않았다. 하지만 그곳에 존재한다는 사실 그 자체가 압박으로 작용해 쉼 없이 위험하고도 의심스런 공기를 뿜어내었다. 인간 해방군의 완장이나 광선무기가 없어도 낙서 사건은 공포 분위기를 조성하기에 충분했다. 러다이트 장군과 그 추종자들에게는 네트워크 측에 협력하는 사람들도 기계들만큼이나 적대적인 존재들이었다.

사실 엑토르는 자신을 라메투에르카스라고 생각한 적이 단 한 번도 없었다. 국제 연맹 지역에서 살고 있을 때도 그렇게 불리기는 했다. 그래서 사람들이 이모에 대해 어떻게 생각하고 있는지 잘 알고 있었다. 그렇지만 엑토르 자신은 기계를 그다지 좋아하지 않았다. 결정적으로 아직도 아버지가 네트워크에 대해서 하던 말을 생생히 기억했다.

'유일하게 좋은 기계는 멈춘 것뿐이다.'

그 말 역시 개인적인 농담에 불과했다. 왜냐하면 아버지는 한 번도 인공 지능이 진짜로 살아 있는 존재라고 믿었던 적이 없으니까. 하지만 리디아 이모는 이제 자신에게 남은 유일한 가족이었다. 이모가 라메투에르카스든 아니든, 누군가가 공격하는 것만은 절대로 용납할 수 없었다.

몇몇 여학생들이 떠드는 이야기 때문에 기분이 확 나빠졌다. 헬멧을 쓰고 에러버스 화산 입구로 들어가기 직전에, 그들은 아무 생각 없이 낙서 사건에 대해 떠들고 있었다.

"사실 그 사람들 잘못이지."

여학생 한 명이 확신에 차서 말했다.

"누구 잘못이라는 거야?"

옆에 있던 친구가 물었다.

"라메투에르카스들 말이야! 사람들의 일자리는 빼앗아서 기계들이랑 계약을 맺었잖아. 기계들과 그렇게 친구가 되고 싶으면 네트워크 쪽으로 가면 될 거 아니야?"

그 여학생은 마치 명백한 사실이라도 되는 양 확신에 차서 소리쳤다. 그러자 아까 그 친구가 말했다.

"여기는 남극이야. 기계들도 원한다면 얼마든지 살 수 있어. 그러니 라메투에르카스가 많은 건 당연한 일이지."

엑토르는 이런 이야기를 들을 때마다 기분이 몹시 나빴다. 최근 몇 주 동안 이런 식의 이야기를 수도 없이 들었다.

그때 롭이 엑토르를 발견하고 가까이 다가왔다.

"야! 왜 그렇게 입을 꾹 다물고 있어? 이 안에 있는 게 무서운 거지? 그러면 이리 나와."

롭은 자신의 말이 심했다고 생각했는지 금방 이렇게 덧붙였다.

"농담하는 거 아니야. 다른 반 아이 중 하나가 폐소 공포증이 있었는지 조금 전에 기절했대."

"그런 거 아니야. 그냥 생각 좀 하고 있었어."

엑토르는 시무룩한 얼굴로 대답했다.

"클라라와 카나가 좀 전에 하던 이야기 때문이야? 그런 얘기에 신경 쓸 것 없어. 엑토르, 난 낙서 사건을 듣자마자 너네 이모 연구소 생각이 먼저 나던걸. 너는 다른 사람들보다 걱정이 더 많겠지. 러다이트 장군의 얼굴을 직접 보았으니까. 하지만 너무 걱정하지 마. 02 도시에 얼간이들이 조금 있긴 해도 대부분은 좋은 사람들이잖아."

엑토르는 천천히 고개를 끄덕였다.

엑토르는 현장 학습이 끝나고 보통 때보다 더 늦게 집으로 돌아왔다. 그런데 집 안으로 들어서자마자 뭔가 타는 듯한 냄새가 진동을 했다. 깜짝 놀라서 계단을 후다닥 뛰어 올라갔다. 다행히 불이 난 건 아니었다. 리디아 이모와 프람이 부엌에서 파운드 케이크를 만들고 있었다. 하나는 달콤하고 촉촉하게 완성되었지만, 다른 하나는 숯 조각처럼 새까맣게 타 버렸다.

엑토르는 타 버린 파운드 케이크를 바라보면서 한숨을 지었다.

"이거, 프람 네가 만들었지?"

순간, 이모가 부끄러워하면서 얼굴을 붉혔다.

"사실은 까맣게 탄 게 내가 만든 거야."

"정말?"

엑토르가 놀라서 소리쳤다. 그러자 프람이 끼어들었다.

"내 능력을 의심하다니, 이거 아주 모욕적인걸. 나의 자기 주도 학습 프로그램은 완벽해. 별로 어렵지도 않던걸. 나는 그저 레시피대로 따라 했을 뿐이야."

엑토르는 프람이 만든 파운드 케이크를 한 조각 먹어 보았다.

"어때?"

이모가 물었다. 엑토르는 파운드 케이크를 맛보고 나서 환히 웃으며 대답했다.

"맛있어요. 식감이 나쁘지 않아요. 그런데 설탕이 조금 부족해요."

프람이 새초롬한 얼굴로 대꾸했다.

"나는 레시피에 나와 있는 대로 정확히 따라 했어."

"넌 미각이 없어서 레시피가 제대로인지 아닌지 판단할 수 없잖아?"

엑토르가 의기양양한 눈빛으로 쏘아붙였다.

프람은 인상을 잔뜩 찌푸리며 지지 않고 맞섰다.

"너희 인간들이 그 나쁜 레시피를 만든 거지."

엑토르는 파운드 케이크 레시피같이 사소한 일로 계속 다투고 싶은 마음이 없었다. 이모는 엑토르의 표정을 보고서 무슨 일이 있음을 직감했다.

"학교에서 안 좋은 일 있었니?"

"아니요, 저는……."

엑토르는 대답을 하려다가 입을 꾹 다물었다. 그러다 잠시 뒤에 이모에게 이렇게 물었다.

"이모, 러다이트가 우리 집에 폭탄이라도 설치하면 어떻게 해요? 그런 일도 일어날 수 있잖아요?"

이모는 보통 때와 다르게 진지한 표정을 지었다.

"그래, 그런 일이 일어날 수도 있지. 사실은 요 한 달 사이에 사정이 많이 나빠졌어. 쇼핑센터 사건 이후로 사람들이 기계들을 두려워하기 시작했거든. 기계들도 러다이트 장군이 언제든 또다시 공격해 올지 몰라서 무서워하고 있고. 게다가 러다이트가 아직도 계속 여기에 머물러 있잖아. 02 도시에서 누군가가 그들을 돕고 있는 거지."

"남극 만세!"

엑토르는 포크를 접시에 내려놓으며 이렇게 외쳤다. 입맛이 싹 달아났다. 잠시 뒤, 한결 풀이 죽은 목소리로 말을 이었다.

"그나마 여기 사람들이 과학 기술이나 기계에 대해 훨씬 더 개방적이라서 다행이네요. 그렇지 않다면……."

"그렇지, 어쨌든 남극은 사람과 기계가 공존할 수 있는 곳이니까."

"이건 공존하는 게 아니야."

그때 갑자기 프람이 끼어들었다. 엑토르와 이모는 프람을 빤히 바라보았다.

"내 사전에 의하면 '공존하다'라는 말은 '서로 다른 존재들이 함께 어울려 산다'는 의미야. 내가 관찰한 바로는, 02 도시에서 인간들과 기계들이 함께 어우러지지 않고 분리된 채로 살아가고 있어. 그러다가 공통의 관심사가 있을 때만 잠깐씩 모이지. 그러니까 러다이트의 선동 앞에서 인간들이 느끼는 불안은 이미 예견된 일이었던 거야."

엑토르는 프람의 말에 기꺼이 동의했다.

"맞아, 예견된 일이었어. 내가 처음 학교에 갔던 날, 롭이 여기 오는 사람들은 여러 가지 유형이 있다고 했어. 그러니까 이곳이 좋아서 원래부터 남극에 살고 싶어 했던 사람들도 있고, 여기까지 오고 싶지 않았지만 다른 곳에는 일자리가 없어서 온 사람들도 있고, 국제 연맹 측에서 강제로 보냈기 때문에 울며 겨자 먹기로 온 사람들도 있다고 말이야. 그러니 생각보다 많은 사람이 러다이트에 동조하고 있는 건지도 몰라."

그때 웰링턴이 탄식 소리를 냈다. 이모가 먹이 주는 걸 깜빡한 모양이었다. 이모는 펭귄을 포함해 우리 모두의 주의를 환기시키기 위해서 식탁을 톡톡 두드렸다.

"표정들이 왜 그래? 러다이트는 지금 여기에 있고, 또 그들을 지지하는 바보들이 조금 있다고 치자. 이 세상 다른 곳에서는 그런 일이 일어나지 않을 것 같아? 여기는 인구 수가 적어서 더 두드러지는 것뿐이야. 02 도시는 지구의 축소판이나 마찬가지야. 세상은 자기 마음에 들지 않는 사람들을 없애 버리려는 러다이트와 같은 괴물들 때문에 끝나지는 않아. 우리는 그들보다 더 위대하거든."

엑토르는 체념 섞인 눈길로 이모를 바라보았다.

"리디아 이모……."

"엑토르, 비관적인 이야기는 이제 한 마디도 더 꺼내지 마. 내가 고지식하다고 생각하니? 그래, 사람들이 쇼핑을 하거나 법원에 갈 때마다 기계와 만나는 것이 좋아서 여기에 살고 있는 건 아닐 거야. 전쟁은 너무나도 참혹했어. 기계들이 우리에게 한 짓을 쉽게 잊을 수는 없지. 그래도 대부분의 사람들은 평화를 원해."

"그렇지 않은 사람들도 있어요."

엑토르가 지적했다.

"어디서든 언제나 불행한 사람들은 있게 마련이야. 기계들도 마찬가지겠지. 뭐, 적어도 여기서는 인간과 기계가 공존하는 것이 아닐까? 이 집에서 우리가 살고 있는 거 말이야. 어떻게 생각해?"

이모가 어깨를 으쓱했다. 프람도 순순히 고개를 끄덕였다.

"그건 맞아요."

이모가 활짝 웃었다.

"걱정하지 마. 02 도시는 그다지 크지도 않은 데다 밖에는 얼음과 눈밖에 없어. 러다이트 장군은 한마디로 쥐구멍에 갇힌 거야. 곧 체포될 거고. 우리는 이 불쾌한 사건을 금방 잊어버리게 되겠지."

위기의 도시

러다이트에 대한 평가는 여러 가지였다. 몽상가들이라는 말도 있었고, 급진주의자들이라는 말도 있었다. 용감하다는 사람들도 있었고, 비겁하다는 사람들도 있었다. 영웅이라는 말도 있었고, 테러리스트라는 말도 있었다.

사실 그의 이름만으로도 논쟁거리였다. 원래의 러다이트는 자신들의 생활 방식을 위협하는 기계 산업에 대항해 노동자들과 수공예업자들이 일으킨 운동이었다. 러다이트 장군의 추종자들이 모든 기술의 발전에 반대하는지, 아니면 인공 지능의 발달에만 반대하는지는 아직도 불분명했다. 심지어 인간 해방군을 도와주는 사이보그가 있다는 말이 떠돌기도 했다. 어쨌거나 전 세계의 여론이 한 가지 사실에는 모두 동의했다. 러다이트는 어디서든 무척 잘 숨는다는 것!

비결은 추종자들을 꽤 많이 확보하고 있다는 데 있었다. 사람들이 없는 사막으로 도피할 때나 인구가 많은 도시로 숨어들 때나 마찬가지였다. 물론 언제나 국제 연맹 지역이었다. 네트워크 지역에서는 불가능한 일이니까. 기계들을 습격할 때는 국경을 넘어가 자신들의 방식대로 삽시간에 해치우곤 했다. 그런데 기계들만 공격의 대상은 아니었다. 기계들에게 호의적인 사람들도 다 같이 응징을 했다.

초기에는 그들의 메시지가 그다지 대중적이지 않았다. 물론 국제 연맹 쪽에서 러다이트 장군의 추종자들이 인공 지능 네트워크를 도와주는 사람을 날려 버렸다거나 힘없는 생산 로봇들을 청산했다는 소식을 듣고서 눈물을 흘리는 사람은 거의 없었다. 그래도 신문 1면에서 누군가의 살인 사건 소식을 접하는 것은 썩 기분 좋은 일이 아니었다. 라메투에르카스건 아니건 같은 종족인 건 분명하니까. 하지만 러다이트에 동조하는 사람들은 그저 어깨를 한번 으쓱이며 당연한 결과라고 말할 뿐이었다.

추종자들의 손에 피를 묻히는 일이 계속되었음에도 불구하고 인간 해방군에는 끊임없이 지원자가 몰려들었다. 러다이트 장군의 카리스마가 한몫을 톡톡히 했다. 가면을 쓰고 별명을 사용하면서 진짜 얼굴과 이름을 숨긴 채 그러한 숭배를 받는다는 것은 정말이지 대단한 일이 아닐 수 없었다. 그의 신분은 추종자들에게조차 비밀이었다. 아주 믿을 만한 극소수의 책임자들에게만 예외였다.

네트워크뿐만 아니라 국제 연맹 쪽 사람들에게도 러다이트 장군은 위험한 존재였다. 아니, 그 이상이었다. 러다이트 장군은 대단한 공포심을 불러일으켰다. 하지만 그것만으로 세상을 변화시키지는 못했다.

물론 추종자들의 의견은 달랐다. 인간 해방군이라는 이름만 들어도 그들은 감탄해마지 않았으니까. 가장 늦게 러다이트에 가담한 새내기들까지도 러다이트 장군이 네트워크를 이기고 기계들의 손에서 인간이 멸망하는 것을 막아 줄 거라는 절대적인 믿음을 갖고 있었다. 그러니까 기계들이 새로운 전쟁을 계획하고 있다는 데 추호의 의심도 품지 않았다. 세상 끝까지라도 러다이트 장군을 따를 심산이었다.

어쨌든 그들은 지금 남극에 있었다. 이 세상 끝에 있는 거주지에 들어오는 것은 생각보다 쉬운 일이 아니었다. 하지만 이미 여러 해 전부터 철저하게 준비해 온 터여서, 러다이트 장군과 그 일행이 실제로 입국을 할 때는 아이들의 놀이처럼 사뭇 간단했다. 그 누구도 펭귄 사육사를 의심할 생각은 못 했으니까.

인간 해방군 비밀 기지의 철문 옆에서 러다이트 두 명이 보초를 서며 이야기를 나누고 있었다.

"펭귄 똥 냄새 맡는 게 이젠 지긋지긋해."

그들 중 한 명이 불평을 늘어놓았다.

"몇 주만 더 참아, 지미. 이제 얼마 안 남았어. 이 일이 끝나면 펭귄 똥 냄새는 곧 승리의 냄새로 바뀔 거야."

"정말로 그렇게 될까?"

그 순간, 가면을 쓴 인물이 문 쪽으로 성큼성큼 다가왔다. 그를 보자마자 보초들은 즉시 부동자세를 취했다. 러다이트 장군과는 감히 농담을 나눌 수가 없었다.

"뭐, 새로운 일이 있나? 병사들이여."

"없습니다, 장군님."

두 명의 보초가 한목소리로 대답했다.

"좋아, 수고하게."

러다이트 장군이 지나가자, 곧바로 철컥 하고 문이 닫혔다.

그는 병사들의 초조함을 이해했다. 쉼 없이 전진해 왔지만 진행 속도는 무척 더뎠다. 어느 정도 일이 진척이 되었는지는 극소수의 내부자들만이 알고 있었다. 하루라도 빨리 뭔가 행동을 하고 싶어 하는 그들을 나무랄 수는 없었다. 하지만 지금 해야 하는 일은 매우 민감한 사안이었다. 예측할 수 있는 것은 거의 없었다. 곧 행동할 순간이 다가올 터였다.

러다이트 장군은 비밀의 방으로 천천히 걸어 들어갔다. 그곳에는 그를 비롯해 인간 해방군의 전문 기술을 가진 극소수 멤버들만 드나들 수 있었다. 러다이트가 과학 기술의 발전에 무조건 반대하고 있다고 믿는 사람들이 꽤 많이 있었다. 하지만 그건 사실과 달랐다. 단지 통제 불가능한 과학의 발전에 반대할 뿐이었다. 과학 기술은 인간을 이롭게 하기 위한 도구일 뿐, 결코 지배하려는 목적으로 쓰여서는 안 되었다. 적을 무찌르는 데 필요한 기술은 당연히 환영받아야 마땅했다.

러다이트 장군은 책상 사이를 빠르게 지나갔다. 대부분은 자신의 업무에 집중하느라 장군이 바로 곁에 와 있다는 사실을 알아차리지 못했다. 그는 곧장 스파르타쿠스 프로젝트를 도맡고 있는 올리버 팀장에게로 다가갔다.

그는 러다이트 장군을 보자마자, 자리에서 벌떡 일어나 군대식 경례를 했다.

"장군님!"

러다이트 장군은 아주 부드러운 말투로 말했다.

"나에게 그렇게 공식적으로 대하지 않아도 되네. 우린 오랜 친구이지 않나?"

"원칙은 원칙입니다, 장군님. 물론 저에게도 오랜 친구이십니다만."

가면 아래에서 러다이트 장군이 밝게 미소를 지었다. 사실 올리버 팀장은 전투보다는 전자 장비와 더 많은 시간을 보냈다. 가장 충실한 추종자 중 한 사람이었다. 처음에는 총을 어떻게 사용하는지조차 몰랐던 겁쟁이 신병이었다. 그러나 곧 뛰어난 의지력으로 두각을 나타내기 시작했다. 특히나 놀랄 만큼 방대한 백과사전식 지식은 네트워크의 기계들과 맞설 때마다 정보원 역할을 톡톡히 해 주었다.

전쟁이 끝난 뒤, 올리버 팀장은 사람들을 구하기 위해 인간 해방군을 창설한다는 소식을 접하자마자 곧바로 지원했다. 말하자면 초기 멤버인 셈이었다. 새로운 기술에 대한 강박 때문에 다소 극단적인 성격을 띠긴 했지만, 그의 마음은 네트워크에 대항하기 위한 혁명 정신으로 단단히 무장되어 있었다. 올리버 팀장 덕분에 러다이트는 지금 로봇들을 무찌를 수 있는 기계를 발명하려는 꿈을 꿀 수 있었다. 전에는 감히 생각지도 못하던 일이었다.

"스파르타쿠스 프로젝트는 어떻게 되어 가나?"

러다이트 장군이 물었다.

"예상보다 잘 진행되고 있습니다, 장군님. 쇼핑센터에서 이루어진 실험은 통제되지 않은 지역에서의 효과를 제대로 입증했습니다. 이진법에 변화를 도입하기 위해 막바지 코딩 작업을 하고 있는 중입니다."

"정해진 날짜 안에 끝낼 수 있겠는가?"

"물론입니다, 장군님. 제가 실패한 적이 있었습니까?"

올리버 팀장의 목소리에 자신감이 넘쳐흘렀다.

"아니, 물론 절대로 없었네. 하지만 인공 지능은 내가 아는 분야가 아니어서, 이 화면에 나오는 숫자들이 무엇을 의미하는지 잘 모르지 않나? 이 분야에선 자네가 천재야. 자네가 그렇게 될 거라고 말하면 나는 무조건 믿을 뿐이지."

올리버 팀장은 만족스런 미소를 지었다. 무엇보다 자신의 분야에서 인정받는 것을 좋아했다. 러다이트 장군도 그 사실을 잘 알고 있었다. 처음부터 그는 열정적이었다.

올리버 팀장이 다소 거만한 목소리로 말했다.

"아직은 스파르타쿠스 프로젝트의 아름다움을 제대로 볼 수 있는 능력을 가진 사람이 없습니다. 저희 같은 엔지니어는 클릭 한 번에 목숨을 걸곤 하지만요."

"아니면 발사할 때마다겠지."

"당연하신 말씀입니다, 장군님. 이제 저를 잘 아시지요? 제가 가장 좋아하는 무기는 언제나 키보드였습니다."

러다이트 장군은 천천히 고개를 끄덕였다. 전쟁은 참혹했다. 물론 주도권을 잡고 용맹을 떨치던 순간도 있었다. 매순간 살아남기 위해서 최선을 다했다. 그래도 전쟁은 깨끗한 싸움이었다. 흑과 백, 혹은 선과 악의 대결이니까. 회색분자들을 위한 공간은 없었다.

인간 해방군은 지금도 전쟁을 계속하고 있었다. 가슴 아프게도 그 과정에서 몇몇 사람들에게 해를 입힐 수밖에 없었다. 이익 때문이든 비겁함 때문이든, 기계 쪽으로 넘어간 사람들에게…….

러다이트 장군은 모든 사람이 들을 수 있도록 목소리를 높여서 말했다. 비록 최신 기술을 다 알고 있지는 못하더라도 그들의 노력을 높이 평가하고 있다는 사실을 알리고 싶어서였다.

"결전의 날은 평화의 날 하루 전날이네. 그렇게 중요한 날, 우리 군대가 펭귄 사육장에서 아무것도 하지 않은 채 지낼 수는 없지. 남극 의회는 우리에게 지지를 표명한 젊은 애국자들을 체포한 뒤 매우 확신에 차 있네. 라메투에르카스들에게 인간 해방군이 앞으로도 이곳에 쭉 머물 거라는 사실을 상기시켜 줄 순간이 드디어 다가왔어."

올리버 팀장은 눈을 반쯤 감았다.

"제게 좋은 생각이 있습니다, 장군님."

양날의 칼

5월 24일까지는 딱 일주일이 남았다. 02 도시는 긴장이 감도는 분위기 속에서 평화의 날 기념 행사를 준비하고 있었다. 그동안 러다이트가 모습을 드러내지 않았고, 경찰들의 노고로 낙서도 눈에 띄게 줄어들었다. 하지만 소문은 하루가 멀다 하고 슬며시 스며드는 독처럼 남극 사회로 은밀하게 퍼져 나갔다.

사람들은 대부분 평화의 날에 맞춰 인간 해방군이 뭔가를 계획하고 있다고 생각했다. 평화 협정을 맺은 지 이십 주년을 맞이하고 있었다. 일시적으로나마 균형 잡힌 평화를 이루었다고 생각할 수 있는 숫자였다. 국제 연맹과 인공 지능 네트워크의 협력에서 가장 중요한 상징이라 할 수 있는 02 도시는 지구의 각 지역에서 방문할 지체 높은 손님들을 맞이할 준비를 서둘렀다. 보안 대책 역시 강화했다.

안보 전문가들은 지극히 상식적인 수준에 근거해서, 제아무리 러다이트 장군이라고 해도 공권력이 강화된 상황에서는 아무 짓도 하지 못할 거라고 주장했다. 하지만 다른 사람들은 그 의견에 전혀 동의하지 않았다.

한편, 엑토르는 낙서 사건 이후로 잠을 제대로 이루지 못했다. 학교에서도 내내 기분이 별로였다. 특히 친구들이 정치적인 주제로 이야기를 나눌 때마다 몹시 불편했다. 여태까지 '라메투에르카스'라는 말이 이토록 혐오스럽게 느껴진 적은 없었다.

에드워드 네드 카펙의 아들이 기계의 친구들과 동일시될 거라고 누가 감히 짐작이나 할 수 있었을까? 프람의 에너지 세포가 곧 도착해 하루라도 빨리 이곳을 떠나는 것만이 유일한 기대였다. 시간이 흐르면서 프람과 잘 지내고 있긴 하지만, 그렇다고 해도 위험한 존재인 것만은 틀림없었다. 프람이 가 버리면 자신의 삶이 훨씬 더 편안하고 안전해질 듯했다.

톨레도 인간 공학 연구소는 비교적 활기찬 하루를 보내고 있었다. 이모가 예견했던 대로 기계를 포함한 고객의 수가 조금씩 늘었다. 바로 그날 오후, 엑토르는 마치 술에 취한 듯 공중제비를 돌면서 날아오는 공 모양의 인공 지능을 보았다.

"왜 그러는 거예요?"

이모가 그 기계를 살펴보고 있을 때, 엑토르가 궁금증을 이기지 못하고 다가가 물었다.

"소프트웨어에 문제가 생겼어. 하드웨어가 문제인 줄 알았더니, 비행 프로그램이 잘못된 것 같아. 안티바이러스와 리눅스 작동 시스템을 찾아서 전송해 줘. 아니, 3TX가 낫겠다. 합체시켜 봐야겠어."

"그 파일들을 다 어디서 구해요?"

"해킹하는 거지. 돈 주고 사는 건 꿈도 꾸지 못할 만큼 비싸거든……."

"그래도 돼요?"

"안 되지. 그러니까 조사관이 나오면 입을 꾹 다물어야 해. 사실 여기서 인공 지능을 수리한다는 것 자체가 의심스러운 일이겠지만."

"하지만……."

엑토르는 잠시 주저하다가 입을 다물고는 이모가 말한 그 소프트웨어를 검색했다.

잠시 후 수리를 마친 인공 지능이 뛸 듯이 기뻐하면서 돌아갔다. 그건 춤출 때 나오는 빛을 보면 단박에 알 수 있었다. 절망의 붉은빛이 희망의 초록빛으로 바뀌어 있었다.

엑토르가 부품들을 정리하고 있을 때, 고객 두 명이 연구소 안으로 들어왔다. 눈빛이 날카롭고 어깨가 넓고 키가 큰 청년과 입술 한가운데에 흉터가 길게 나 있는 소녀였다. 엑토르는 톨레도 인간 공학 연구소에 있으면서 사람을 외모로 판단해서는 안 된다는 사실을 이미 충분히 깨닫고 있었다. 부품을 손에서 내려놓은 채 애써 미소를 지으며 그들에게 다가갔다.

"죄송합니다. 곧 문을 닫을 시각입니다. 긴급한 용무가 아니라면 내일 오시는 게 좋겠는데요."

그들은 서로 시선을 주고받았다. 잠시 후 소녀가 입을 열었다.

"지금 당장 상담이 필요해서요."

엑토르가 이모를 찾으러 가기 위해 몸을 돌리자, 소녀가 그 앞을 떡하니 막아섰다.

"직접 대답해도 돼요."

"알고 싶은 게 뭔가요?"

엑토르는 한껏 예민해진 얼굴로 되물었다.

"여기서 기계들을 수리한다는 게 사실인가요?"

마치 독사가 물기 전에 송곳니를 드러내듯, 온몸에 소름이 쭉 끼치게 만드는 질문이었다. 바로 그 순간, 엑토르는 한기가 훅 몰아치는 걸 느꼈다.

"그게 왜 궁금한데요?"

엑토르는 시간을 벌기 위해 일부러 이렇게 물었다. 무엇보다 그들의 의도를 정확하게 파악해야 했다.

"대답이나 똑바로 해, 이 라메투에르카스야."

옆에 있던 청년이 다짜고짜 욕을 퍼부었다.

그때 리디아 이모가 연구소 안으로 들어오면서 단호한 목소리로 말했다.

"여기서는 그런 단어를 좋아하지 않습니다."

청년들이 이모를 위아래로 훑어보았다. 그러다 이모의 인공 팔에서 시선이 멈췄다. 소녀의 얼굴에 곧장 경멸 어린 표정이 떠올랐다.

"우리가 틀리지 않은 것 같네. 봤어, 리? 기계를 얼마나 좋아하는지 아예 몸에 붙이고 다니는걸. 어휴, 역겨워."

소녀가 비아냥거리자 청년이 거들었다.

"나라면 저러고는 창피해서 길거리를 걸어 다닐 수 없을 텐데."

리디아 이모는 눈썹을 찌푸렸다. 저 두 사람은 싸움거리를 찾고 있는 게 분명해 보였다.

"너희 몇 살이니? 스무 살? 스물한 살? 스물두 살? 많아야 스물다섯 살이겠구나. 어쨌거나 평화 협정이 체결될 무렵에는 아기였을 테지. 이제 전쟁이 없는데도 마음이 딱딱하게 굳어 있군. 이래 봬도 나는 전쟁터에서 용감하게 싸웠어."

이모는 그들에게 다가가 인공 팔을 얼굴에 바싹 들이댔다.

"너희가 그렇게 역겨워하는 이 팔이 보이니? 진짜 팔은 내가 있던 기지를 폭발하는 바람에 잃게 되었어. 나는 그때 항공 모함 108호에서 엔지니어로 일했거든. 내 옆에서 동료들이 피를 흘리며 죽어 가는 걸 지켜보면서 배수구를 통해 가까스로 도망쳤지. 누군가가 구하러 와 주기를 간절히 기다리면서 냄새나는 쓰레기 사이에 누워 있었다고. 내 인생에서 가장 괴로웠던 날이었을걸, 아마."

엑토르는 그 이야기를 더 자세히 알고 있었다. 그 이야기는 들을 때마다 소름이 오싹 끼쳤다. 그 둘도 불편하기는 마찬가지인 듯이 보였다. 그런데도 소녀는 리디아 이모에게 비난을 계속 퍼부었다.

"그렇게 고통을 당했으면 더더욱 기계들을 도와주면 안 되지, 이 배신자야!"

"이건 나의 사업이야. 그러니 여기에서 썩 꺼져. 안 그러면 당장 경찰을 부르겠어!"

이모는 매우 침착하게 대답했다.

"흥, 그래 보라지!"

소녀가 총을 꺼내 이모의 두 눈 사이를 겨냥했다.

"이모!"

엑토르가 깜짝 놀라서 소리쳤다.

"여간내기가 아니구나?"

이모가 걱정스러운 목소리로 말했다.

권총을 든 소녀가 잘난 척하며 웃었다.

"물론 아니지. 우리는 러다이트 장군이 지휘하는 인간 해방군이야. 그러니 라메투에르카스는 종족을 배신한 죗값을 마땅히 치러야지."

소녀가 손짓을 하자, 청년이 망치를 꺼내 부품들을 마구 부수기 시작했다. 심지어 진열장의 유리까지 깨뜨렸다.

"사이고한테 연료와 라이터를 가지고 오라고 해. 이 말도 안 되는 곳을 불태워 버리자."

소녀가 말하자마자, 청년이 고개를 끄덕이며 휴대폰을 꺼냈다.

엑토르는 이모를 빤히 바라보았다. 거의 울음을 터뜨리기 직전이었다. 이 연구소는 그야말로 이모의 꿈이었다. 이렇게 무모한 폭력으로 한순간에 날려 버릴 수는 없었다. 엑토르는 가슴이 찢어지듯 아파 왔다. 그래서 온 힘을 다해 소리쳤다.

"그만해요, 제발! 왜 이러는 거예요? 우리도 당신들과 똑같은 사람이에요! 인간 해방군이라면 우리를 해칠 게 아니라 보호해야 하는 것 아닌가요?"

그때까지만 해도 두 명의 러다이트는 엑토르에게 눈길조차 주지 않았다. 하지만 이제 경계해야 할 대상으로 바뀌었다. 소녀는 권총의 부리를 엑토르에게로 돌렸다. 메시지는 간단했다.

'바보 같은 짓을 하면 네 조카는 죽게 될 거야.'

"어라, 여기 선생님이 한 분 계셨네. 들었어? 리! 라메투에르카스가 우리에게 도덕 수업을 해 주고 싶다네."

소녀가 빈정거렸다.

청년은 곧바로 어이없다는 듯 웃음을 터뜨렸다. 마치 당나귀 울음소리 같았다. 어쨌든 그 순간만큼은 폭력이 잦아들었다.

"제발……."

엑토르가 사정했지만 러다이트는 눈 하나 깜짝하지 않았다.

"이제 너 같은 코흘리개도 전쟁에 참여했다고 말할 참이군. 이제 보니 인류를 배반한 모든 놈이 세상에서 가장 훌륭한 애국자들이었나 봐."

"나는 아니야. 하지만 아버지는 전쟁터에서 싸우셨어."

엑토르가 자랑스럽게 대답했다.

"아, 그래? 그럼 누구인지 당당히 말해 보든가……?"

"에드워드 네드 카펙. 내가 바로 그의 아들 엑토르야."

엑토르는 침착하게 대답했다. 순간, 두 사람의 입가에서 미소가 싹 사라졌다. 소녀는 오히려 더 화가 난 것처럼 보였다. 하지만 청년은 엑토르를 놀라움이 가득한 눈빛으로 바라보았다.

"에드워드 네드 카펙이라고? 전쟁 영웅?"

엑토르는 고개를 끄덕였다. 청년이 소녀를 돌아보았다.

"아만다, 어떻게 하지? 아무리 라메투에르카스라도 에드워드 네드 카펙의 아들을 해친 일로 유명해지고 싶지는 않은데."

"나는……."

엑토르가 말을 하려고 입을 달싹이자, 소녀가 잽싸게 가로막았다.

"저 거짓말을 믿어? 리, 아무 말이나 나오는 대로 지껄인 것뿐이야. 여기에서 빠져나가려고 코흘리개가 거짓말을 하는 거지. 어느 잡지에서 본 이름을 기억해 뒀다가 지금 써먹는 거라고.”

아만다는 엑토르를 바라보면서 말을 이었다.

“다시 한 번 입을 놀려서 우리 인류의 가장 위대한 영웅의 이름을 더럽힌다면 네 머리통을 당장 박살내 버릴 테다.”

“증, 증명해 보일 수 있어. 여기, 내 신분증이 있다고…….”

엑토르가 초조한 눈빛으로 말했다.

“내 말 못 들었어, 라메투에르카스 놈아!”

순간, 엑토르는 그들이 총을 쏠 거라고 생각했다. 이모도 같은 생각이었던 듯했다. 왜냐하면 엑토르 쪽으로 몸을 던져 구하려고 했기 때문이다. 그런데 바로 그 순간, 누군가가 나타났다.

“이런, 문제가 생긴 줄 알았어.”

프람이 목소리를 내리깔고 담담하게 말을 했다.

“너는 또 뭐야?”

아만다가 총부리의 방향을 바꾸면서 거칠게 말을 뱉었다.

만일의 사태에 대비해 그녀의 동료가 옆에 바짝 붙어 섰다. 사람이 많으면 많을수록 상황을 통제하기가 더 어려워지는 법이니까. 그건 무기가 있어도 마찬가지였다.

“이 연구소가 불타 버리는 걸 원하지 않는 사람 중 한 명이다.”

프람은 매우 간결하게 대답했다. 그 말이면 설명이 다 된다고 생각하는 듯이. 엑토르와 이모는 마치 꿈을 꾸는 것 같았다. 프람이 저기에서 뭘 하고 있는 거지? 어쨌든 문제를 일으키려는 게 아니라 막아 보려는 것만은 분명해 보였다.

“자, 어디 내 생각이 맞는지 한번 확인해 봐야겠군. 또 한 명의 참전 용사?"

아만다가 빈정대면서 묻자, 프람이 곧바로 대답했다.

"맞아."

"여기, 또 총을 맞겠다고 스스로 나서는 인간이 나타났군."

프람의 얼굴이 금세 싸늘해졌다.

"그건 그리 추천할 만한 말이 아닌걸. 총을 이리 내놔."

"가까이 오지 마!"

아만다가 소리쳤다. 바로 그때, 프람이 아만다의 주의를 끌려고 시도하면서 무기를 빼앗기 위해 잽싸게 달려들었다. 하지만 총을 빼앗기 직전에 아만다가 방아쇠를 먼저 당겼다. 폭죽처럼 총성이 울려 퍼졌다. 프람이…… 죽은 게 확실했다.

오, 아니었다. 놀랍게도 총알은 프람의 얼굴에서 곧장 튕겨 나왔다. 총알이 스치는 바람에 인공 피부가 살짝 벗겨졌다. 그래 봤자 상처는 아주 미미했다. 하지만 인공 피부 아래에서 반짝이는 금속이 그대로 드러났다. 전 세계에서 이런 기계는 단 한 종류뿐이었다. 러다이트도 그 사실을 알고 있었다.

"너는……, 너는……."

아만다가 말을 더듬거렸다. 얼굴이 순식간에 백짓장처럼 하얘졌다. 리는 그 자리에 돌처럼 굳은 채 꼼짝도 하지 못했다.

"참전 용사라……. 맞아, 하지만 어느 편이었는지는 굳이 말하지 않아도 되겠지."

프람은 권총을 빼앗은 뒤 마치 종잇조각인 양 구겨 버렸다.

"네 목숨이 조금이라도 아깝다면 어서 꺼져 버려. 이 살덩어리들아,

지금 바로!"

두 번 다시 말할 필요가 없었다. 두 명의 러다이트는 급히 톨레도 인간 공학 연구소를 빠져나갔다. 그들이 시야에서 사라지자, 프람이 엑토르와 이모를 물끄러미 바라보았다.

"미안해, 내가 마음대로 끼어들었어."

리디아 이모는 유리 조각이 흩어져 있는 바닥을 가로질러 프람에게 달려간 뒤 두 팔로 와락 끌어안았다.

"고마워, 고마워, 고마워."

가엾은 이모는 방금 겪은 불운을 쫓아내 버리기 위해 주문이라도 외는 듯 고맙다는 말을 연거푸 반복했다. 하지만 프람의 시선은 줄곧 엑토르에게 머물러 있었다.

"네가 에드워드 네드 카펙 사령관의 아들이라고……?"

"그래."

엑토르가 도전적인 말투로 대답했다. 프람은 천천히 고개를 끄덕였다. 마치 마음속에 있던 의심을 해결하기라도 한 것처럼.

웰링턴에게 조용히 있으라고 물고기를 한 마리 던져 주고 난 뒤, 리디아 이모는 핫초코를 준비했다. 프람 앞에도 찻잔을 내려놓았다. 기계는 차를 마시지 않는데도 불구하고. 프람은 아무 말도 하지 않았다. 모두들 식탁 앞에 앉았다. 잠시 동안 불편한 침묵이 흘렀다.

엑토르가 먼저 말을 꺼냈다.

"경찰을 불러야 해요."

이모가 프람을 가리키면서 대꾸했다.

"좋은 생각은 아니지. 경찰을 끌어들이면 프람이 여기에 있는 이유를 설명해야 해."

"하지만 집을 불태우려고 했어요, 우리 집을요! 빌어먹을 러다이트들 같으니라고! 어떻게 감히!"

엑토르가 소리쳤다. 그러고는 그 나이에 어울리지 않는 욕설을 한참 동안 쏟아 냈다. 이모는 두 눈을 꼭 감은 채 이해한다는 듯한 표정을 지었다. 이모 역시 폭발하기 직전이었다.

프람은 지구상에서 가장 멋진 물건을 바라보는 것처럼 따듯한 찻잔을 가만히 내려다보았다. 엑토르는 문득 프람이 에드워드 네드 카펙이라는 이름을 듣고서 보였던 이상한 반응을 기억해 냈다.

"프람, 내 아버지를 알고 있었어?"

프람이 잠시 머뭇거리다가 대답했다.

"응."

"어떻게?"

"내가 죽이려고 했어."

순간, 집 안이 쥐 죽은 듯 고요해졌다.

"뭐, 어쩌려고 했다고?"

바야흐로 엑토르가 폭발했다.

"나는 난민 행세를 하면서 그에게 접근했어. 카펙 사령관이 작전에 성공하고 난 후 시민군을 모집한다고 했거든. 그의 자부심을 이용해서 의심을 사지 않고 접근하려는 계획이었지."

"틀림없이 실패했겠지."

엑토르가 냉랭하게 말했다.

"그래, 내 목표물에 도달하지 못한 채 철수해야 했거든. 전쟁 중에 카펙 사령관을 죽이려는 시도가 일곱 번 있었어. 모두 실패로 끝났지만. 13호를 세 번 투입했는데, 첫 번째 기계는 파괴되었지. 그리고 두 번째가 바로 나였어. 세 번째는 평화 협정이 체결될 때까지도 작동을 했던 것 같아."

아무 일도 아닌 듯 천연덕스럽게 이야기하는 프람을 보고서 엑토르는 화가 머리끝까지 치밀었다.

"왜?"

엑토르가 소리쳤다. 하지만 곧바로 정말 바보 같은 말을 했다는 사실을 깨달았다. 아버지를 죽이려고 한 이유는 무척 간단했다. 전쟁 중이었고, 서로 다른 편이었으니까. 전혀 이상할 것이 없었다.

그런데 놀랍게도 프람은 진지하게 이야기를 이어 갔다.

"카펙 사령관은 국제 연맹의 신속 대응 팀에서 주요 책임자였어. 그것만으로도 우선 제거 대상이었지. 하지만 전쟁터에서의 활약 때문에 더 빨리 제거해야 할 대상이 되었던 거야."

프람은 엑토르의 눈을 빤히 바라보았다.

"그는 인공 지능 네트워크의 가장 취약한 지점을 공격하는 전략을 썼어. 생산 기지나 서버, 상황실 같은 곳 말이야. 재생국이랑 환경 정화 시설 같은 곳도……. 인간들의 민간 시설물을 공격하는 것과 마찬가지지."

"전쟁 상황이었어."

엑토르는 아버지의 전략을 정당화하려고 애썼다. 프람이 눈썹을 치켜올렸다.

"인간들은 전쟁과 사랑 앞에서는 모든 것이 허용된다고 믿는다는 사실을 깜빡 잊고 있었네."

"적들이 나를 죽이려고 덤빌 때, 그들에게 동정심을 갖는 건 바보 같은 일이지. 아니면 기계들은 모두 성자와 같아서 힘없는 인간들을 해치지 않았다고 말하고 싶은 거니? 나도 전쟁 이야기를 들었다고! 너희의 그 끔찍한 살인 프로젝트 때문에 노인과 아이들이 얼마나 처참하게 죽어 갔는지 알고 있어. 살과 뼈가 곤죽이 될 때까지 녹여 버렸잖아!"

엑토르는 자리에서 벌떡 일어났다. 프람은 계속 평정심을 유지하고 있었다. 이모는 아무 말도 하지 못한 채 그들을 번갈아 바라보았다. 미처 손써 볼 수 없을 정도로 상황이 악화될까 봐 두려워하면서.

마침내 프람이 한발 양보했다.

"맞아, 네트워크도 잘못이 없는 건 아니야. 지금에 와서 서로를 탓하는 건 아무 의미 없어. 국제 연맹이 카펙 사령관을 영웅으로 기억하고 싶어 한다면, 그건 어디까지나 그들의 권한인 거지."

"영웅이었어."

엑토르는 기분 나쁜 기색이 역력한 얼굴로 쏘아붙였다. 할 말이 더 있었지만, 이런 식으로 다투어 봤자 아무 의미가 없다는 걸 잘 알고 있었다. 전쟁의 상처는 느리게 아물어 갔다. 아니, 전쟁의 상처가 아니었다. 이건 어디까지나 엑토르 자신의 개인적인 상처였다.

"전쟁 후에 카펙 사령관은 어떻게 되었어? 여기 없는 걸 보니 더 궁금해지는데? 그리고 네 엄마는?"

이모가 대답하려고 하는 찰나, 엑토르가 먼저 말을 내뱉었다.

"아빠는 자살했어. 엄마는 전쟁터에서 옮아 온 회색 역병으로 돌아가셨고. 그러니까 기계들 때문에 돌아가신 거야. 나도 해마다 의사한테 검사를 받아. 혹시라도 회색 역병이 유전되었을지 몰라서."

프람이 허탈한 표정으로 탄식을 내뱉었다.

"아……, 조의를 표할게."

"그럴 필요 없어."

엑토르가 단호하게 말했다.

"나는 기계여서 느낄 수가 없어. 하지만 너에게는 그런 말이 필요할 거 같아서."

엑토르는 더 이상 논쟁할 힘이 사라져 버렸다. 핫초코는 이미 차갑게 식었다. 그렇지만 잔을 들어 꿀꺽꿀꺽 마셨다. 뭔가 해야만 했다. 한참 동안 아무도 말을 꺼내지 않았다. 엑토르는 찻잔을 식탁에 내려놓고 기도하듯 두 손을 모았다.

"그때 나는 채 열 살도 되지 않았어. 아빠는 늘 슬픔에 잠겨 있었지. 엄마는 세상을 떠나 버렸고. 나는 뭘 해야 할지 몰랐어. 그런데 어느 날 밤, 아빠가 나를 트럭 짐칸에 쌓인 무기 더미 위에다 앉히고 길을 떠나지 뭐야. 나는 그 전쟁의 유물 위에 앉아서 멋도 모르고 마냥 즐거워했지. 아마도 아빠가 다시 기운을 차려서 예전처럼 활기차게 살아가기를 기대했던 건가 봐.

그런데 아빠는 단 한 마디도 하지 않았어. 몇 시간을 여행한 뒤 리디아 이모 집에 도착했는데……. 나를 현관 앞에 홀로 남겨 두고선 초인종도 눌러 주지 않는 거야. 그제서야 무서워지기 시작했어. 무슨 일이 일어나고 있는 건지는 알 수 없었지만, 뭔가 나쁜 일일 거라는 예감은 있었으니까. 아빠는 떠나기 전에 마지막으로 한 마디를 남겼는데……."

엑토르는 입을 꾹 다물었다. 마음이 너무 아파서였다.

프람이 호기심 어린 목소리로 물었다.

"뭐라고 말했어?"

"나를 너무 미워하지 마."

그러자 이모가 다가와서 엑토르의 어깨를 따뜻하게 감싸 주었다. 이모 역시 문 앞에서 엉엉 울고 있던 언니의 아들을 발견했던 그날 밤을 뚜렷이 기억하고 있었다. 처음부터 불길한 예감으로 두려움에 감싸여 있었다. 오래지 않아, 그 예감은 곧 사실로 확인되었다. 벼랑 아래에서 에드워드 네드 카펙을 발견했던 것이다. 영웅하고는 전혀 어울리지 않는 종말이었다.

엑토르는 저주스러웠던 그날 밤의 고통을 다시금 떠올리면서 이를 악물었다.

"비겁했어. 모두들 아빠가 무척 용감했다고 이야기하지. 하지만 내가 아는 아빠는 아들과 눈 한 번 마주치지 않은 채 버리고 달아난 사람이야. 그 전에도 좋은 아빠는 아니었지만. 매일매일 국제 연맹과 기계들에 대해 횡설수설 떠들면서 세상을 등지고 살았으니까. 전쟁 없이는 사는 방법을 몰랐던 거야. 그래서 목숨을 끊은 거지. 비겁자, 비겁자, 비겁자!"

엑토르는 눈물을 주르르 흘렸다. 몇 년 동안 참고 참았던 슬픔을 씻어 버리고 있었다.

"그럼에도 불구하고 나는 아빠를 옹호하고 있어. 왜냐하면 내 아빠니까. 또 수많은 사람들에게는 영웅이잖아. 하지만 사람들이 나에게 아빠의 길을 따라가야 한다고 말할 때마다 웃어야 할지 울어야 할지 모르겠어. 정말로 내가 그렇게 되기를 바라는 걸까? 나는 에드워드 네드 카펙의 아들이 아니라 엑토르야! 또 우리 엄마의 아들이기도 해. 그런데 아무도 엄마에 대해서는 물어보지 않아. 나 자신에 대해서도. 아무도 내가 무엇을 하고 싶은지 묻지 않는다고!"

프람이 진지한 표정으로 엑토르를 바라보았다.

"넌 무엇을 하고 싶어? 엑토르."

빈정거림이나 동정하는 기색 없이 아주 진솔한 질문이었다.

엑토르가 대답했다.

"모르겠어. 하지만 다른 사람들이 나의 미래를 결정하는 건 바라지 않아."

프람은 천천히 고개를 끄덕였다. 엑토르의 대답이 매우 마음에 드는 눈치였다.

"그 점에서는 나랑 똑같구나."

그때 리디아 이모가 조카를 끌어안은 채 목소리를 가다듬고 이야기를 하기 시작했다.

"이제 내 이야기를 해야 할 때가 온 것 같아. 우리가 이런 상황에 처하게 된 건 다 내 잘못이니까."

"이모……."

"내가 왜 그렇게도 살상 기계 하나를 구하겠다고 고집을 부렸는지 너희도 알아야 할 것 같아서."

프람의 눈이 호기심으로 반짝였다.

"사실은 나도 그게 무척이나 궁금했어."

“저도요…….”

엑토르도 모기만 한 목소리로 거들었다.

이모가 엷은 미소를 지었다. 바야흐로 솔직해질 시간이 다가온 셈이었다.

“내가 어쩌다 팔을 잃게 되었는지 기억하고 있니?”

엑토르가 고개를 끄덕였다.

“내가 자주 해 왔던 이야기지. 그런데 빠뜨린 부분이 있어.”

“뭔데요?”

엑토르가 물었다.

“기계가 나를 살려 주었어. 정확하게 말하면 어떤 13호였지.”

엑토르는 할 말을 잃었다. 머릿속에 수천 가지 질문이 떠올랐다. 프람도 내부 시스템을 가동해서 여러 가지 가정을 설정해 보았지만 이렇다 할 소득이 없었다.

“공식 이름이 뭐였는지는 몰라. 나는 이레네 클로세라는 이름으로 알고 있었어. 108부대에 청년 지원병으로 들어왔지. 무척 잘 만들었던 것 같아. 모든 검문 과정을 문제없이 통과했으니까. 우리는 마음이 잘 맞았어. 둘 다 자동차에 관심이 무척 많았거든. 수줍음을 많이 타면서도 마음이 착해서 무엇이든 도와주려고 애썼지. 나는 진심으로 친구가 되었다고 믿었어.”

이모는 부끄러운 듯 머리를 긁적였다. 친구라고 믿었던 존재에게 속았다는 사실을 인정하기가 힘든 모양이었다.

“그런데 누군가가 네트워크에 우리의 보안 코드를 넘겨주었어. 이레네였던 것 같아. 기계들이 우리 기지 안으로 밀고 들어와 공격을 했으니까. 엔지니어들 중에서 나만 유일하게 살아남았지. 나는 늘 배수관으로 도망쳤다고 말했는데, 거기까진 사실이야. 그런데 그 전에 다 무너져 가는 복도에서 동료들을 발견했더랬어. 내가 소리쳐 부르는 걸 듣고 동료들이 내 쪽으로 막 오고 있었는데……. 이레네가 나타나서 순식간에 모두 죽여 버린 거야. 그 순간, 진실을 깨닫게 되었지."

"이레네가 이모를 봤어요?"

엑토르가 물었다.

"응, 나를 분명히 보았어. 아주 침착하게 나를 향해서 걸어왔으니까. 나는 달아나려고 하다가 그만 발이 걸려 넘어졌고. 이레네는 금방 나를 따라잡았지. 나는 피를 너무 많이 흘려서 체력이 바닥나 있었거든. 어찌나 겁에 질렸던지, 바지에 오줌까지 쌌던 것 같아."

이모는 한숨을 푹 내쉬었다.

"곧 죽게 될 거라고 생각했어. 그런데 내가 영원히 부끄러워해야 할 일이 생기고 말았지. 이레네가 나를 죽이지 않았던 거야. 그뿐이 아니었어. 벽을 한 조각 뜯어 내더니 그리로 나가라고 가르쳐 주지 뭐야. 그래서 무사히 도망을 치게 되었지."

엑토르는 완전히 얼이 빠져 버렸다. 정말로 어떤 13호가 국제 연맹의 비밀을 캐낸 뒤 동료들을 다 죽이고 이모를 구해 주었단 말인가?

"왜 그랬대요?"

엑토르가 큰 소리로 물었다. 이모가 고개를 저었다.

"물어보지 못했어. 그땐 살아남아야 한다는 생각밖에 없었거든. 그날 수많은 군인들이 인공 지능 하나 때문에 목숨을 잃었지. 그런데 나는 똑같은 이유로 살아남았고. 여러 해 동안 우리를 배신한 기계를 증오하고 증오했는데……. 나의 생명을 구해 준 기계에 대해서는 어떻게 생각해야 할지 모르겠는 거야."

프람은 이 대목에서 뭔가 분명히 밝혀야 한다고 생각한 모양이었다.

"나는 그때 침투한 기계가 아니야."

리디아 이모가 대답했다.

"알아. 네 이야기를 듣고서 이레네도 다른 13호들처럼 재활용 처리가 되었을 거라고 생각했어. 나에겐 아직도 빚으로 남아 있지만."

"그래서 나를 도와주려고 그렇게 애를 썼던 거네?"

프람이 되묻자 이모가 대답했다.

"이해하고 싶었어. 이레네가 했던 것과 같은 일을 기계가 어떻게 할 수 있었는지 알고 싶었거든."

"해답을 찾았어?"

"아니, 결코 찾을 수 없을 것 같아. 너희 13호들은 서로 다른 개체들이잖아. 네트워크 밖에서 수많은 세월을 지내면서 독립적으로 바뀌었으니까. 이제 사람과 비슷해진 거지."

프람이 눈썹을 찌푸렸다.

"그건 모욕인가?"

이모가 웃음을 터뜨렸다.

"물론 아니야."

그동안 숨겨 왔던 진실이 드러났다. 그럼에도 불구하고 문제는 그대로 남아 있었다. 러다이트가 연구소를 공격하는 바람에 대량 살상 기계가 그들과 함께 살고 있다는 사실을 들키고 말았으니까.

"지금이라도 내가 여기를 떠날까?"

프람이 물었다.

"에너지 세포가 수요일이나 목요일쯤에 도착할 거야."

이모가 말했다.

"알아. 하지만 내가 너희를 위험에 빠뜨리고 있잖아. 그 테러리스트들이 내가 여기에 있는 걸 알고 있으니까 또다시 찾아올 거야."

그때 놀랍게도 엑토르가 이렇게 말했다.

"이모 말이 맞아. 프람, 너는 여기에 있어야 해."

프람과 이모는 깜짝 놀라서 서로의 얼굴을 마주 보았다.

"헐, 이건 미처 기대하지 못했던 말인걸."

이모가 장난기 어린 목소리로 대꾸했다.

"아직 충격에서 벗어나지 못해서 그러는 거야?"

프람이 물었다. 엑토르는 금세 화난 표정을 지었다.

"난 그 어느 때보다 진지하게 말하고 있다고! 자. 러다이트가 여기에 13호가 하나 살고 있다는 사실을 알고 있어. 그건 사실이야. 그들은 여기에 또 찾아오겠지. 그런데 그건 프람이 여기에 있든 없든 마찬가지야. 그 바보 같은 것들이 내가 에드워드 네드 카펙의 아들이라고 말했는데도 총으로 쏘려고 했잖아? 우리를 공격하기 위한 핑곗거리는 수도 없이 널려 있어."

이모가 생각에 잠긴 얼굴로 턱을 만지작거렸다.

"네 말이 맞는 것 같아. 프람, 네 생각은 어때?"

"내 생각에도 엑토르 말이 맞는 것 같아."

프람은 이렇게 말하며 엑토르를 가만히 바라보았다.

"고마워."

엑토르의 뺨이 약간 붉게 물들었다.

"아니, 고마워할 필요 없어. 나를 위해서 한 말이니까. 어쨌든 러다이트가 다시 찾아오면 아까처럼 나서서 우리를 도와주어야 해."

프람은 순순히 고개를 끄덕였다. 상황에 딱 맞는 협정이었다.

이모는 미소를 함빡 지었다. 그럼에도 불구하고 마음 한구석에는 걱정스러움이 남아 있었다.

러다이트는 날이 갈수록 더 공격적으로 변해 갔다. 이제 연구소가 위험에 처해 버렸다. 아니, 더 정확하게 말하면 그의 가족이 위험에 처했다. 전쟁이 끝난 후, 처음으로 미래에 대한 두려움이 훅 느껴졌다.

가면 속에 숨겨진 진실

러다이트 장군은 몹시 만족스러웠다. 계획한 대로 일이 착착 진행되고 있었다. 인간 해방군의 숫자는 나날이 늘어났다. 물자도 부족하지 않았다. 해방군 내에서 최신 군사 장비를 조달받는 것도 전혀 문제가 없었다. 전쟁 때보다 훨씬 더 발전한 장비들이었다.

특히 펭귄들이 먹을 식량 사이에 첨단 기술로 제작한 갑옷을 숨겨서 들여온 일은 매우 큰 자부심을 느끼게 했다. 펭귄 사육사로 위장해 검색대를 통과한 것은 지금 생각해 봐도 아주 대단한 일이었다. 의심을 불러일으키지 않은 것뿐만 아니라 애완동물 판매로 제법 큰돈까지 벌어들였다. 그야말로 완벽한 아이디어였다.

스파르타쿠스 프로젝트 역시 한창 가속도가 붙고 있는 상황이었다. 그것은 러다이트의 비밀 무기이자 미래의 열쇠나 마찬가지였다. 바야흐로 며칠 안에 완성될 예정이었다.

젊고 열정적인 청년들이 라메투에르카스를 상대로 꾸준하게 테러 활동을 벌이고 있었다. 진열장을 부수고 연구소를 불태우고 낙서를 하는 등, 02 도시의 기계 협력자들을 순식간에 공포로 몰아넣었다.

다행히 아무도 체포되지 않았다. 그것만으로도 남극 의회에 모욕을 주기에는 충분했다. 바로 이것이 러다이트 장군의 진정한 목표이기도 했다.

"우리를 두려워하게 해야 해. 그들의 공포심이 우리에게는 힘으로 작용할 거야."

그는 부하들에게 늘 이렇게 말하곤 했다.

그런데 전날 밤에 걱정스러운 소식을 한 가지 접했다. 두 명의 청년이 인간 공학 연구소를 운영하는 라메투에르카스에게 보복하려다 실패를 하고서 사색이 된 얼굴로 돌아왔다. 그들은 다짜고짜 러다이트 장군과 면담을 해야 한다고 고집을 부렸다. 러다이트 장군은 곧 그들을 비밀의 방으로 데려오라고 명령했다.

비밀의 방은 몹시 좁은 데다 제대로 정돈되어 있지 않아서 꽤나 어수선했다. 그렇거나 말거나, 두 청년은 지도와 도표로 뒤덮인 벽을 보고 놀라서 감히 입을 다물지 못했다. 가장 낮은 서열에 속하는 자신들이 이토록 은밀한 곳에서 러다이트 장군을 대면하는 일 자체가 하나의 특권으로 느껴졌기 때문이다. 그들은 곧 정신을 차리고 자신들이 목격한 일을 낱낱이 털어놓았다.

러다이트 장군은 얘기를 다 듣고 난 뒤, 매우 걱정스런 표정을 지었다.

"13호라고? 틀림없나?"

러다이트 장군은 여러 차례에 걸쳐 다그치듯 물었다.

아만다가 힘차게 고개를 끄덕였다.

"네, 장군님. 총알이 얼굴에 맞아 튕겨 나오면서 피부 아래의 금속이 뚜렷하게 보였습니다. 게다가 스스로 전쟁 참전 용사라고 말했고, 저희를 '살덩어리'라고 부르기까지 했습니다."

러다이트 장군은 곧 올리버 팀장을 포함해 주요 책임자들을 한자리에 불러 모았다. 올리버 팀장은 02 도시에 대량 살상 기계가 실제로 있다는 사실을 증명하기 위해선 더 많은 자료가 필요하다고 말했다. 그러고는 고개를 갸웃거리며 덧붙였다.

"정말 이상합니다. 네트워크는 그들을 모두 재활용 처리했거든요."

"네트워크에서 거짓말을 한 게 분명합니다. 몇몇을 남겨 놓았던 것이 틀림없어요."

그때 야전군 책임자인 순 니야조프 소령이 나섰다.

니야조프 소령은 단련된 노병으로 야간 전투 전문가였다. 이십 년 전에 치른 전쟁에서 얼굴에 깊은 상처를 입었다. 올리버 팀장과 함께 러다이트 장군이 가장 신임하는 인물이었다.

올리버 팀장이 불쾌한 기색을 띠며 반박했다.

"제가 입수한 정보에 따르면 그럴 리가 없습니다. 정보가 잘못되었을 수도 있긴 합니다만, 네트워크가 계획한 일이라면 그 살상 기계가 인간들이 차린 정비소에 침투할 이유가 없지요. 말이 되지 않습니다. 네트워크를 배반한 인공 지능이 아니고서는……."

러다이트 장군이 올리버 팀장의 말을 받았다.

"설사 그렇다 해도 그곳에서 어떻게 함께 지내고 있는지 설명이 되지 않아."

"어쩌면 그 정비소에서 기계라는 사실을 모르고 있는 게 아닐까요? 13호들은 아주 치밀하게 인간들 사이로 침투하니까요."

올리버 팀장이 다시 말했다.

그곳에 모인 사람들의 얼굴이 순식간에 어두워졌다. 특히 전쟁터에서 치열하게 싸웠던 사람들이 더욱더 근심스러운 표정을 지었다. 실제로 13호들은 그 전쟁에서 이루 말할 수 없을 만큼 끔찍한 만행을 저질렀다.

러다이트 장군이 두 청년에게 물었다.

"그 연구소 이름이 뭐라고 했지?"

"톨레도 인간 공학 연구소입니다, 장군님."

아만다가 재빠르게 대답했다.

"톨레도라고? 혹시 주인의 이름을 알아냈나?"

러다이트 장군은 자신도 모르게 흠칫하면서 이렇게 되물었다.

"그게……, 소년이 큰 소리로 이름을 말했는데, 제대로 듣지 못했습니다. 죄송합니다, 장군님. 저희 잘못입니다."

아만다가 부끄러워하며 고개를 숙였다. 그때 리가 끼어들었다.

"조카 이름은 알아냈습니다, 장군님. 자기가 에드워드 네드 카펙의 아들이라고 말했습니다. 이름이 엑토르라고 하면서요."

"장군님, 이 친구 말에 신경 쓰실 것 없습니다. 목숨을 건지려고 꾸며낸 거짓말일……."

아만다는 말을 하다가 갑자기 입을 다물었다. 러다이트 장군이 두 손을 모은 채 깊은 침묵에 빠져들었기 때문이다. 붉은 가면이 그의 표정을 가리고 있었지만, 방금 들은 이야기로 엄청나게 놀랐다는 사실만큼은 분명하게 느낄 수 있었다. 방 안에 긴장감이 팽팽하게 감돌았다. 아무도 감히 말을 꺼내지 못했다. 혹시라도 최고 지도자의 생각을 방해하게 될까 봐 두려웠던 것이다.

마침내 러다이트 장군은 모두들 방에서 나가라고 명령했다. 생각할 시간이 필요해서였다.

"올리버, 순, 그대들은 남아 있게."

마지막 순간에 이렇게 말했다.

"네, 장군님."

두 사람이 동시에 대답했다. 방 안에 그들 셋만 남게 되자, 러다이트 장군은 주먹으로 책상을 세게 내려치면서 좌절감을 표출했다.

"빌어먹을!"

"저희가 해결할 수 있습니다."

니야조프 소령이 애절한 눈빛으로 말했다. 개인적인 자리에서 그의 말투는 덜 정중했다. 하지만 더 솔직했다. 올리버 팀장과 마찬가지로 전쟁 중에 러다이트 장군과 함께 목숨을 걸고 싸웠다. 이 새로운 모험에서 러다이트 장군을 따르는 일은 그에게 선물과도 같은 것이었다.

"특별 부대를 지원해 주신다면 날이 밝기 전에 그 기계를 처치하겠습니다."

"의회에 우리 모습을 노출시키는 위험을 무릅쓰겠다는 말인가? 13호를 상대하려면 상당히 무거운 무기가 필요할 텐데. 아무래도 그건 위장하기가 어렵지 않겠나?"

올리버 팀장이 안경을 위로 밀어 올리면서 끼어들었다.

"가장 좋은 방법은 누군가가 그 존재를 익명으로 경찰에 신고하는 것입니다. 그러면 경찰이 우리를 대신해서 처리해 줄 테니까요."

니야조프 소령은 순순히 고개를 끄덕였다.

"좋은 의견입니다. 인간 살상 기계가 연구소에 숨어들어 있다는 걸 알게 된다면 경찰에서도 신속히 움직일 것입니다. 올리버, 자네는 가끔씩 아이디어가 정말로 반짝반짝 빛난다니까."

두 사람은 러다이트 장군은 가만히 바라보았다. 러다이트 장군은 계속 생각에 잠겨 있었다. 여태까지 그의 가면이 그토록 무거워 보였던 적은 단 한 번도 없었다.

그는 한참 만에 고개를 들었다.

"이번 작전은 너무나도 중요하네. 마지막 순간에 한눈을 팔면 안 되지. 예정대로 진행하도록 하게."

"그러면 13호는……."

니야조프 소령이 뒷말을 얼버무렸다. 그러자 러다이트 장군이 다소 침착해진 목소리로 말했다.

"13호는 언젠가 우리가 꼭 처리해야 할 문제야. 만약 그 기계가 네트워크를 위해 일하고 있다면, 우리의 공격으로 그 계획이 죄다 드러나게 되겠지. 그래서 아마도 우선은 잠자코 있을 걸세. 어제 일로 놀라서 그 연구소를 스스로 떠날 수도 있을 테고."

올리버 팀장은 만족스런 표정을 지었다. 13호의 출현에 호기심이 일기는 했지만 그에게는 지금 스파르타쿠스 프로젝트가 그 어떤 것보다 중요했다.

그 순간, 니야조프 소령은 러다이트 장군이 마음속으로 몹시 괴로워하고 있다는 사실을 알아차렸다. 그래서 자꾸만 마음이 쓰였다. 그는 러다이트 장군이 여기까지 오기 위해 얼마나 많은 희생을 치렀는지 잘 알고 있었다. 운명은 너무나도 가혹했다.

러다이트 장군이 말을 이었다.

"그날이 오면 행동할 시간이 올 거네. 순, 내가 자네를 믿어도 되겠는가?"

"언제나요."

"지극히 이기적인 지시라 할지라도?"

"장군님께서는 큰 이상을 위해 영혼까지 모두 바치셨습니다. 한 번 정도는 이기적인 생각을 하셔도 괜찮다고 생각합니다."

니야조프 소령이 미소를 지으며 대답했다.

러다이트의 최고 지도자가 그의 어깨에 손을 얹었다.

"내 친구여, 해방의 날에 엑토르 카펙을 내 앞에 데려다주게나. 손끝 하나 다치지 않게 조심해서 데려와야 하네. 알겠나?"

니야조프 소령은 손을 가슴에 갖다 대었다.

"알겠습니다, 장군님."

아시모프 중학교 학생들은 다음 날 있을 축제로 너나 할 것 없이 들떠 있었다. 인간과 기계 사이의 코스타리카 평화 협정을 체결한 지 20주년이 된 것을 기념하는 날이다. 02 도시의 모든 학교는 휴교를 했고, 상점들은 문을 닫았다.

많은 사람이 눈앞으로 다가온 연휴를 즐길 계획을 세우고 있었다. 극지방에 겨울이 다가와 선택의 폭이 그리 넓지는 않았다. 어떤 사람들은 03 도시까지 배를 타고 가겠다고 말했다. 그들은 얼마 전에 새롭게 문을 연 '광기의 산' 놀이공원에 가 보고 싶어 했다.

하지만 엑토르는 연휴 계획을 세울 기분이 아니었다. 그의 머릿속은 이미 일어난 일과 앞으로 일어날 일을 생각하느라 다른 것에 신경 쓸 겨를이 없었다.

마침내 프람에게 필요한 에너지 세포가 연구소에 도착했다.

"조심, 조심히 다뤄 주세요."

리디아 이모는 그것을 갖고 온 사람들에게 신신당부했다.

에너지 세포가 들어 있는 상자는 생각보다 작았는데, 보호재와 단열재로 겹겹이 싸여 있었다. 이모는 그것을 구하기 위해 수많은 동의서에 서명을 했다. 그나마 참전 용사라는 사실과 인간 공학 엔지니어 자격증이 있어서 공급자들에게 신뢰를 주었다.

배달하러 온 사람들이 돌아가고 나자, 이모는 조심스럽게 상자의 뚜껑을 열었다. 에너지 세포는 언뜻 그리 대단해 보이지는 않았다. 하지만 그 안에는 말만 들어도 무시무시한 핵이 들어 있다고 했다.

프람은 매서운 눈초리로 그것이 정말 자신에게 필요한 게 맞는지 꼼꼼하게 살폈다.

"가능한 한 빨리 장착해 줄게."

이모가 약속했다.

"좋아, 그러면 내가 여기에 더 오래 머물 필요가 없지."

엑토르는 귀찮은 손님이 곧 떠나게 된다는 사실 앞에서 기쁨을 느껴야 했다. 그런데 기대했던 기쁨은 대체 어디로 사라진 걸까? 프람이 떠난다는 말을 듣자, 마음 한켠에서 난데없이 슬픔이 느껴졌다. 13호와 헤어지는 걸 아쉬워할 만큼 함께 있는 시간에 익숙해져 버린 걸까? 그건 아니다. 그럴 리가 없었다.

이런 생각을 하고 있을 때, 롭이 손바닥으로 등을 툭 쳤다.

"얼굴 좀 펴, 엑토르! 내일은 축제의 날이잖아. 카나네랑 같이 '광기의 산'에 놀러 갈래? 하루 종일 걸리는 일정이긴 한데 등산을 좀 해 보면 어떨까 하고."

"모르겠어."

엑토르는 어정쩡하게 대답했다.

사실 평화의 날은 그에게도 특별했다. 아주 개인적인 이유로 말이다. 리디아 이모는 항상 조촐한 파티를 열자고 고집을 부렸다. 어차피 프람과 작별 인사를 나누기도 해야 했다.

"응, 집에서 파티를 열어야 해서. 뭔가 우리끼리 할 일이 좀 있거든."

롭은 다 알고 있다는 듯이 미소를 지었다.

"아, 네 여친 때문이지? 다시 오는 거야? 물론, 물론, 둘이서 오붓하게 시간을 보내고 싶겠지."

"그런 거 아니야!"

엑토르는 얼굴을 붉히고는 자리에서 용수철이 튕기듯 벌떡 일어났다. 그러자 롭이 또다시 미소를 지으며 구슬렀다.

"그러면 우리랑 같이 가자, 응? 여럿이 갈수록 더 재미있잖아! 올 건지 안 올 건지 말해 줘. 이번에는 내가 다 준비해야 하거든."

바로 그때, 아바 선생님이 교실로 들어왔다. 소란스럽던 교실이 갑자기 조용해졌다. 모두들 제자리에 앉아서 모니터 화면을 클릭했다. 그런데 갑자기 복도에서 난데없이 비명 소리가 들려왔다. 선생님은 짐짓 무시하려고 하다가 소리가 점점 더 가까이 다가오자 수업을 잠깐 멈추었다.

"무슨 일인지 알아보고 올게."

선생님이 복도로 나가려고 문을 열자, 바로 코앞에 무시무시한 대포가 떡 버티고 있었다. 약 일 초쯤 흘렀을까? 선생님의 머리가 공중으로 획 날아오르는가 싶더니, 격렬한 쇳소리를 내며 바닥으로 쿵 떨어졌다.

학생들은 너나없이 소리를 빽빽 질러 댔다. 몇몇 학생은 너무 놀란 나머지 입도 뻥긋하지 못했다. 현실이라고는 도저히 믿기지 않는 상황이었다.

범죄의 주인공들이 교실로 뚜벅뚜벅 걸어 들어왔을 때조차도 그들이 학생들 앞에서 선생님을 사살했다는 사실을 도저히 받아들일 수가 없었다. 학생들은 인간 해방군의 상징이 새겨진 파란색 완장을 보고서야 무슨 일인지 제대로 알아차렸다. 러다이트가 학교에까지 쳐들어온 것이다.

그들 중 대장으로 보이는 남자가 바닥에 널브러져 있는 선생님의 몸체를 발로 툭 건어찼다. 그러고는 단호한 말투로 학생들에게 말했다.

"놀라지 마라. 우리는 여러분을 해치러 온 것이 아니다."

그의 목소리는 꽤 차분했다. 하지만 평화로운 세상에서 자라난 학생들에게는 무장한 남녀 군인이 교실에서 활보하는 걸 두 눈으로 보는 것만으로도 충분히 공포스러웠다.

"즐거워해라, 해방의 날이 다가왔다. 오늘 수업은 끝났다. 그런데 여러분이 집으로 돌아가기 전에 한 가지 부탁할 일이 있다. 이 반에 엑토르 카펙이라는 학생이 있다고 들었다. 그 학생이 순순히 일어나서 함께 가 준다면 우리는 곧바로 철수할 것이다."

순간, 엑토르는 공포감이 뼛속 깊이 스며드는 것을 느꼈다. 하느님, 맙소사! 이건 꿈이어야 해. 러다이트가 자신을 잡으려고 학교로 들이닥칠 거라고는 상상조차 하지 못했다.

롭이 초조한 낯빛으로 엑토르를 바라보았다. 그러면서도 러다이트의 관심을 끌지 않으려고 짐짓 다른 곳을 보는 척했다. 그런데 문제는 그 이름을 듣자마자 반 친구들이 한꺼번에 엑토르를 바라보았다는 것이다. 그 수많은 얼굴들에는 러다이트가 학교로 쳐들어온 것이 마치 엑토르의 잘못이기라도 하다는 듯 비난의 표정이 어려 있었다.

엑토르는 속으로 이렇게 생각했다.

'그래, 내 잘못이야. 내가 친구들을 위험에 빠뜨렸어.'

자신이 곧 죽게 될 거라는 생각이 들었다. 선생님에게 대포를 쏘았던 것처럼. 그들의 일당 두 명에게 겁없이 도전한 대가였다. 물론 궁극적인 이유는 프람이겠지만. 굳이 학교로 쳐들어왔다는 건 연구소에서 프람과 마주치는 것을 피하고 싶었기 때문이리라.

이럴 때 아버지라면 어떻게 했을까? 아마도 분명히 영웅다운 행동을 했을 테지. 한 치의 흐트러짐도 없이 테러리스트들과 맞섰을 것이다. 하지만 엑토르는 아버지가 아니었다. 아무런 방법이 없었다.

엑토르가 자리에서 일어나려고 하자, 롭이 나직하게 속삭였다.

"뭐 하는 거야! 미쳤어? 널 죽일 거야!"

"알아. 그런데 이미 나를 알아버렸어. 도망칠 수 있는 방법이 없다고. 만일 내가 이렇게 죽는다면 적어도 아빠만큼은 자랑스럽게 여겨 주셨으면 좋겠어."

"그건 또 무슨 말이야?"

엑토르는 아무 대답도 하지 않았다. 모든 학생이 보는 앞에서 일어나 당당히 소리쳤다.

"제가 엑토르 카펙입니다! 저를 찾으셨다면 다른 친구들은 가만히 내버려 두십시오."

다리가 후들후들 떨리지 않았다면 훨씬 더 멋있었을 텐데. 그래도 러다이트는 꽤 감동을 받은 것처럼 보였다.

"아주 마음에 드는군, 엑토르 군."

그들 중 대장으로 보이는 사람이 고개를 끄덕이며 말했다.

"겁먹을 필요는 없네. 이미 말했듯이, 우리는 해치러 온 게 아니거든. 자네 물건은 그대로 놓아두게나. 이제 그런 것들은 필요 없을 테니까. 다른 학생들은 우리가 떠날 때까지 자리를 지켜 주기 바란다. 행여나 사고로라도 누군가에게 총을 쏘는 일은 없길 바라니까."

엑토르는 교실 문을 나가기 전에 마지막으로 롭과 눈길을 주고받았다. 롭은 완전히 정신이 나간 것처럼 보였다. 러다이트의 설명에도 불구하고 엑토르는 형장으로 끌려가는 듯한 느낌을 지울 수가 없었다.

복도는 텅 비어 있었다. 운 나쁘게도 그 순간에 하필 러다이트와 마주쳤던 몇몇 기계들의 잔해만이 허허롭게 나뒹굴었다.

대장이 무전으로 진행 상황을 전달했다.

"여기는 알콘 투르코. 목표물을 찾아서 지금 우리 보호 아래 있다. 곧 제자리로 돌아갈 것이다!"

학교 운동장에는 평범해 보이는 흰색 승합차가 기다리고 있었다.

차문이 열리고 나서 보니, 내부에 전투용 장비가 가득했다. 알콘 투르코라는 인물이 엑토르를 뒷자리로 밀어 넣었다.

"안으로 들어가, 학생."

엑토르는 그 말에 순순히 따랐다. 슬펐다. 언제나 그랬듯이 이 상황을 견디는 것 말고는 다른 방법이 없었다. 이윽고 엑토르를 태운 승합차가 출발했다. 차 안에서 밖을 볼 수는 없었지만 소리는 그대로 들을 수 있었다.

시간이 얼마나 흘렀을까? 어디선가 희미하게 폭발음이 들렸다.

"바야흐로 축제가 시작되는 모양이군."

납치범 중 한 명이 중얼거렸다. 그러자 동료들이 웃음을 터뜨렸다. 엑토르는 그들의 대장이 '해방의 날'이라고 말했던 것을 떠올렸다. 그렇다면 러다이트가 그날 공격을 하기로 결정했다는 뜻이 아닐까? 왜 '평화의 날'이 아니라 오늘인 거지? 머릿속에서 여러 가지 궁금증이 일었다. 하지만 가장 급박한 질문은 자기 자신에 관한 것이었다.

"저를 어디로 데려가는 거예요?"

엑토르는 다 기어 들어가는 목소리로 물었다. 알콘 투르코라는 인물이 호기심에 찬 얼굴로 엑토르를 돌아보았다. 그는 모자를 벗고 있었는데, 얼굴에 깊게 파인 상처가 보였다.

"그건 내가 결정할 수 있는 일이 아니야."

"그러면 누가 결정하는데요?"

"우리의 장군님이지."

엑토르가 깜짝 놀라는 표정을 짓자, 그가 미소를 지으며 덧붙였다.

"학생은 곧 러다이트 장군님을 만나게 될 거야."

버틀러 작전은 평화 협정이 체결된 후 이십 년이 지난 5월 23일 목요일, 정확하게는 02 도시 시각으로 아침 아홉 시에 시작되었다.

첫 번째 단계는 통신을 끊는 것이었다. 전략적으로 배치된 폭탄들이 남극의 고속도로와 도시를 연결시키는 다리를 순식간에 부숴 버렸다. 곧이어 기다란 상선이 항구의 입구를 막아섰다.

경찰이 자리를 옮기려고 하는 순간, 지하실에서 무장한 테러리스트들이 올라와 배를 모조리 장악했다. 다른 부대는 공항으로 가서 모든 시설을 점거했다.

여기까지는 그저 시작에 불과했다. 도시 내부에서는 잠자듯 숨어 지내던 인간 해방군이 기지개를 켜며 서서히 활동을 개시했다. 경찰서와 관공서, 신문사, 그리고 방송국이 첫 번째 목표물이었다. 첨단 무기로 무차별적인 공격을 가하자, 어느 것이 먼저랄 것 없이 우르르 무너져 내렸다. 탱크마저도 종이로 만든 것마냥 한순간에 벌집으로 만들어 버렸다.

그때 02 도시의 위스팅 본부에서 회의를 주재하고 있던 엘비라 칸 의장은 인생에서 가장 힘겨운 순간을 맞이하게 되었다.

"세상에나, 이렇게 기습을 하다니!"

그는 화를 주체하지 못했다. 긴급 보고가 첩첩이 쌓였다. 위기 관리 위원회에서는 인공 지능 네트워크와 국제 연맹의 군 관련 책임자들이 모여 작전 계획을 수립하느라 쉴 새 없이 회의를 이어 갔다. 02 도시의 반테러국도 사태를 수습하기 위해 대책 마련에 심혈을 기울였다. 이러한 노력에도 불구하고, 이미 주도권은 그들의 손을 벗어난 것이 분명해 보였다.

'여기까지는 오지 말아야 할 텐데.'

의장은 속으로 이렇게 중얼거렸다. 세상이 거꾸로 돌아가려는 것일까? 때마침 보안 요원 한 명이 침통한 얼굴로 들어왔다.

"러다이트가 이리로 몰려오고 있습니다! 이 건물을 포위하려고 합니다. 의장님, 어서 피하셔야 합니다."

엘비라 칸 의장은 황급히 고개를 끄덕였다. 대책 마련을 위한 논쟁은 더 이상 아무 의미가 없었다. 사실 위스팅 본부를 잃는 것은 매우 큰 타격이었다. 테러리스트들에게 상징적인 승리를 부여하는 셈이니까. 게다가 이곳에는 전 세계 모든 도시와 연결되는 최고의 통신 시스템이 있었다. 그렇다고 그것을 지키려 하다가 의회의 실권을 통째로 잃는 것은 더욱더 심각한 일이었다.

의장은 탈출로를 따라 비밀 지하로 내려갔다. 그곳에서 장갑차가 대기하고 있으리라 기대했지만, 정작 그들을 기다리고 있는 건 러다이트였다.

러다이트 장군이 장갑차 한 대에 몸을 기댄 채 의장을 직접 기다리고 있었다. 무장한 군인들이 그 주위를 에워싼 채 압도적인 분위기를 자아냈다. 의장의 경호원들은 아무것도 할 수가 없었다. 항복하는 길만이 유일했다.

"달아나는 것이 불가능해진 듯하군요, 의장님."

러다이트 장군이 말했다.

두 시간 후, 위스팅 본부는 인간 해방군의 작전 기지가 되었다. 러다이트 장군은 모든 채널을 통해 성명을 발표하라는 지시를 내렸다. 02

도시의 시민들뿐 아니라, 국제 연맹과 인공 지능 네트워크 쪽에까지 전달할 예정이었다.

"모든 준비가 완료되었습니다, 장군님."

올리버 팀장이 말했다. 러다이트 장군은 안도의 한숨을 내쉬었다. 지난 몇 년 동안, 이 순간을 얼마나 기다려 왔던가.

"시작하게."

그 즉시 텔레비전의 정규 방송이 중단되고, 가면을 쓴 테러리스트의 얼굴이 생방송으로 중계되었다.

"안녕하십니까? 전 세계 시민 여러분. 나는 러다이트 장군입니다. 인간 해방군이 남극의 02 도시를 손에 넣었습니다. 평화적인 작전을 펼치고 싶었지만, 불행하게도 몇몇 반혁명적인 세력들의 습격으로 방어를 위해 어쩔 수 없는 조치를 취했습니다.

여러 해 동안, 우리는 조상들의 실수로 크나큰 대가를 치러야 했습니다. 그들이 신이라도 된 듯 영혼이 없는 기계들에게 지능과 자유를 부여했기 때문이지요. 수천만 명의 사람들이 이 혐오스러운 반자연적 존재들에 맞서 싸우느라 목숨을 잃었습니다. 그러는 동안, 우리의 정부는 대체 무엇을 했습니까? 그들의 비겁함을 숨기기 위해 파렴치한 선전으로 우리의 머릿속을 꽉 채웠습니다. 우리 형제자매들의 선량한 마음을 이용해서 역겨운 발명품들을 쏟아 내는 기계들과 이제 친구가 되었다고 말하고 있습니다. 모두 거짓말입니다. 기계들은 변하지 않았고, 앞으로도 결코 변하지 않을 겁니다. 그것이 그들의 본성입니다."

전 세계 6대륙의 사람들은 그 누구도 화면 앞을 떠나지 못했다. 국제 연맹에서 이 중계 방송에 제동을 걸려고 시도를 해 보았지만, 그 어떤 뉴스 프로그램도 그해의 대사건을 놓치고 싶어 하지 않았다. 네트워크에서도 방해 전파를 내보냈으나, 잠시 동안 접속이 불량해졌을 뿐 별 소용이 없었다. 02 도시 의회 본부 한가운데에 홀로 서 있는 러다이트 장군의 모습은 순식간에 전 세계인의 관심사로 떠올랐다.

러다이트의 최고 지도자는 비탄에 젖은 목소리로 말을 이었다.

"나는 전쟁의 공포를 압니다. 전쟁터에서 치열하게 싸웠습니다. 친구들과 사랑하는 사람들을 잃는다는 것이 무엇을 의미하는지 누구보다 잘 알고 있습니다. 하지만 오늘의 전쟁을 피하고 내일의 전멸을 자초하는 것은 올바른 선택이 아닙니다. 형제자매 여러분, 그것이 내가 가장 두려워하는 악몽입니다. 인류가 새끼 양처럼 아무 저항도 없이, 그 어떤 의지도 없이 도살장으로 끌려가는 것 말입니다. 만일 기계들이 꿈을 꿀 수 있다면, 지금 이 순간에도 바로 그런 꿈을 꿀 것입니다. 바야흐로 해방의 날이 다가왔습니다. 02 도시는 곧 억압자들로부터 해방될 것이고, 우리 시민들은 진정한 자유를 누리게 될 것입니다."

러다이트 장군은 잠시 말을 멈췄다. 물론 아직은 히든카드를 꺼내 보일 생각이 없었다. 그저 관중들의 추측을 즐기고 있을 뿐이었다.

"국제 연맹의 형제자매 여러분, 인류의 방어를 위해 흘린 피를 기억하십시오. 아직 우리에게는 새로운 미래를 건설할 시간이 있습니다. 인류가 다시 자유로운 존재로 거듭나는 미래 말입니다."

여기서 접속을 끊었다. 추종자들은 열광적인 갈채를 보냈다. 러다이트 장군은 지금까지 해 왔던 연설 중에서 최고였다고 말할 자신은 없었다. 하지만 그런 건 크게 중요하지 않았다. 말보다는 행동이 더 중요하니까.

버틀러 작전은 아직 종결되지 않았지만 그런대로 잘 진행되고 있었다. 02 도시 의회의 기념 축제 준비를 비웃기라도 하듯, 평화의 날 전날에 대공격을 감행한 것은 그야말로 멋진 생각이었다.

중국의 《손자병법》에서 이미 말하지 않았던가.

"적이 준비되지 않았을 때 공격하라. 그리고 너를 기다리지 않을 때 나타나라."

이제 국제 연맹 지역은 한 군데를 제외하고는 모두 인간 해방군의 손에 넘어갔다. 하지만 네트워크 지역은 공략하기가 어려웠다. 그들은 최근 몇 주 동안 보안을 자못 강화한 것 같았다. 계획 단계에서 미리 어느 정도 예견하기는 했지만, 그들로서도 크게 문제 삼지는 않았다. 인공 지붕을 모조리 날려 버려서 기계들이 죄다 얼어 버리게 만들자는 제안이 있었지만, 러다이트 장군은 적들이 이미 그에 대한 대비책을 세웠을지도 모른다고 생각했다.

유일한 문제는 에러버스 화산이었다. 이 화산은 02 도시의 전력과 지열 에너지의 근원지였다. 에러버스 화산을 차지하지 않고서는 완전한 정복이 불가능했다. 그들은 지열 에너지 본부를 포위하고 있었지만, 자칫하다간 엄청난 재앙을 초래할 수 있기에 무기를 함부로 사용할 수는 없었다. 이런 상황에서 완벽한 승리는 스파르타쿠스 프로젝트에 달려 있다고 해도 과언이 아니었다.

그때 병사 한 명이 달려와 다급하게 소식을 전했다.

"장군님, 니야조프 소령이 이리로 오고 있습니다. 누군가와 함께 오고 있습니다."

"두 사람을 이리로 들어오라 하게. 그리고 즉시 이 방을 비우도록."

러다이트 장군이 명령했다.

잠시 후 니야조프 소령이 엑토르를 데리고 들어왔을 때, 러다이트 장군은 그 커다란 방에 혼자 있었다.

"임무를 수행했습니다."

니야조프 소령이 방으로 들어와 문을 닫으며 말했다.

"고맙네."

엑토르는 놀란 토끼 눈을 하고서 사방을 둘러보았다. 몽둥이로 얻어맞거나 목덜미에 총부리가 겨누어질 거라고 예상했다. 총살당할 사람들이 한 군데에 모여 있는 장면을 머릿속으로 수도 없이 상상했다. 러다이트 장군을 따로 대면하는 것은 생각지도 못한 일이었다.

러다이트의 최고 지도자는 곧 부하에게 나가 있으라고 손짓을 했다. 이제 엑토르는 전 지구의 공공의 적과 단둘이 마주하게 되었다.

'이 사람이 나를 직접 죽일 셈인가?'

엑토르는 숨이 꽉 막히는 기분이었다.

'그런데 리디아 이모는 어디에 있는 거지? 이 살인자들이 이미 이모를 해쳤다면, 나는…….'

그때 러다이트 장군이 엑토르의 생각을 중단시켰다.

"이리 가까이 와라."

위엄이 있으면서도 다정한 목소리였다.

엑토르는 그 자리에서 꼼짝도 하지 않았다.

"제 이모는 어디에 있어요?"

엑토르는 용기를 내어 물었다. 러다이트 장군이 소리 내어 웃었다.

"가족 걱정을 하는 거냐? 좋은 일이지. 누구에게나 가족은 중요하니까. 너의 이모는 무사하다. 아직도 그 위험천만한 기계의 손아귀에서 벗어나지 못했을까 봐 걱정이긴 하다만, 그 문제도 곧 차근차근 해결해 나가야지. 머지않아 이 세상의 기계는 모조리 사라지게 될 테니까."

엑토르는 조금 전까지 여러 가지 장면을 머릿속으로 상상했다. 그런데 러다이트 장군이 자신에게 친절하게 대하는 것은 미처 기대하지 못했던 일이었다.

러다이트 장군은 엑토르의 표정이 신경 쓰였는지 이렇게 덧붙였다.

"아, 내가 너무 앞서 나갔지? 한 걸음씩 차근차근 앞으로 나아가는 것이 더 좋을 텐데……."

러다이트 장군은 쓰고 있던 두건을 뒤로 밀어서 내린 뒤, 그의 상징이나 마찬가지인 가면에 손가락을 갖다 대었다. 뒤이어 지난 육 년 동안 그가 누구인지 꽁꽁 숨겨 주었던 가면이 벗겨졌다.

엑토르는 그의 얼굴을 보고서 깜짝 놀랐다.

"아빠?"

"오랜만이구나, 아들."

에드워드 네드 카펙이 미소를 지으며 다정하게 말했다.

스파르타쿠스 바이러스

그날 리디아 이모는 프람의 부탁으로 톨레도 인간 공학 연구소에 '닫음' 안내판을 걸었다. 프람은 에너지 세포를 가능한 한 빨리 몸에 장착하고 싶어 했다. 하지만 이모는 생각이 달랐다.

"내일 하면 어떻겠어? 평화의 날은 휴일이니까 어차피 연구소 문을 닫잖아. 그러면 손님을 놓칠 일도 없고."

"귀찮게 해서 미안한데, 지금 바로 장착해야 너희가 내일 평화의 날 축제를 편안하게 즐길 수 있을 거야."

프람이 고집을 부리자, 이모가 한숨을 푹 내쉬었다.

"우리는 이미 두 달이나 같이 살았는데, 하루 더 같이 산다고 큰일이 벌어지는 거 아니잖아? 그래야 엑토르와도 작별 인사를 할 수 있지."

"조카가 감상적인 작별 인사를 하는 데 관심 있을 거 같지 않은데? 그냥 내가 빨리 떠나는 게 나을 거야."

"그건 너무 냉정한 사고방식이야."

리디아 이모가 언짢은 얼굴로 말했다.

"나는 인공 지능이야. 다른 방식으로는 생각할 수가 없는걸."

프람은 자기 생각을 굽히지 않을 것이 분명했다. 그래서 리디아 이모는 작업대를 준비하며 '환자'에게 보호판을 떼어 내라고 말했다. 프람은 아무 말 없이 이모의 말에 따랐다.

프람은 작업을 쉽게 하기 위해서 연결을 끊어도 좋다고 말했다. 인공 지능에게 그건 지극히 위험한 상황에 놓인다는 걸 의미했다.

"진심으로 말하는 거야? 그만큼 나를 믿어?"

이모가 물었다. 프람은 아무 느낌이 없는 어조로 대답했다.

"당연하지. 지금보다 훨씬 더 위험한 상황에 처했을 때도 있었는걸. 조카랑 둘이서 나를 경찰에 넘길 수도 있었잖아. 그건 너희 편에서 볼 때 완전히 제정신이 아니라는 거고. 사실 나는 너의 안전이 더 걱정돼. 연결이 끊어져 있는 동안 무슨 일이 일어나면 내가 도와줄 수 없을 테니까."

리디아 이모는 깊은 감동을 받았다. 마침내 저 기계의 마음에 애정이 생겨난 모양이었다. 프람은 작업대에 올라가더니, 스스로 자신의 몸을 분리하기 시작했다. 그러다 불쑥 이렇게 물었다.

"너희 인간들은 평화의 날을 기념하기 위해서 뭘 하지?"

"음, 장소에 따라 다른데……. 무도회를 여는 데도 있고, 시가행진을 하는 데도 있어. 가족끼리 맛있는 음식을 차려 먹기도 하고, 다 같이 식당에 가서 식사를 하기도 해. 물론 신나게 떠들면서 술을 마시기도 하고."

리디아 이모가 프람에게 한쪽 눈을 찡긋해 보였다.

"그런데 우리 집에서는 별거 안 해. 엑토르가 파티를 별로 안 좋아하거든."

그 말에 프람이 깜짝 놀랐다.

"왜 안 좋아해?"

"음, 그날이 엑토르 생일이어서."

순간, 그동안 받은 정보와 자료들을 끼워 맞추느라 프람의 내부 시스템이 과열될 지경이었다.

"칫, 의미 없어. 인간들은 자기가 태어난 날을 왜 그렇게 기념하고 싶어 하는지 모르겠네."

프람이 투덜거리자, 리디아 이모가 대꾸했다.

"엑토르가 어떤 가정에서 자라났는지를 생각해 봐. 아빠는 코스타리카 협정 생각만 하면 화가 치밀어 올라서, 평화의 날마다 다른 사람들을 기분 나쁘게 만들려고 애를 썼어. 전사자들을 추모한답시고 친구들과 어울려 술을 마시고 멍청한 짓을 저지르곤 했지. 그래서 엑토르는 늘 생일을 혼자서 쓸쓸하게 지내야 했고. 엄마가 잘해 주려고 애썼지만 회색 역병에 걸리는 바람에 엑토르의 생일은 더 슬픈 날이 되어 버렸지. 그 뒤에 언니는 세상을 떠났고, 엑토르는 열 살 생일을 맞이하기 며칠 전에 나한테 버려졌어. 그것도 아빠 손으로……. 그러니 생일파티를 하고 싶겠니?"

"그럼 너는 어떻게 하는데?"

이모는 어깨를 으쓱했다.

"뭐, 기분 좋게 해 주려고 노력은 하지만 굳이 고집을 부리지는 않

아. 뭔가 해 준다고 하면서 마음 아픈 기억을 되살아나게 하는 건 좋은 방법이 아닌 것 같아서. 하지만 생일 때마다 맛있는 음식을 차려 주긴 했지."

프람이 인상을 살짝 썼다.

"너의 요리 실력 때문에 엑토르의 트라우마가 더 심해진 거 아냐?"

"헐! 케이크나 쿠키를 만들었다는 뜻이야."

리디아 이모가 투덜댔다.

"아."

프람이 고개를 끄덕였다. 리디아 이모가 막 자기가 한 말에 의기양양해하려는 찰나, 갑자기 실내 스피커에서 사이렌이 울렸다.

"무슨 일이지?"

이모는 텔레비전 앞으로 급히 다가갔다. 연결 상태가 썩 좋지 않았다. 하지만 02 도시 의회의 속보를 알아듣기에는 충분했다. 질서가 회복될 때까지 모든 시민은 집 밖으로 한 발짝도 나가지 말라는 내용이었다.

"아, 하느님, 맙소사!"

리디아 이모는 두 손으로 입을 가렸다.

"무슨 일이야?"

프람이 물었다.

"다시 전쟁이 일어나려나 봐. 아니면 러다이트가 02 도시를 공격했거나."

전기는 계속 공급되고 있었다. 하지만 언제까지 괜찮을지는 아무도 몰랐다. 비상 발전기를 점검해야 했다. 잠깐, 엑토르는 괜찮은 건가?

아시모프 중학교는 정부의 통제 아래 있으니까 괜찮을 거라고 애써 위로하며 마음을 가라앉혔다.

그런데 몇 분 지나지 않아, 한 소년이 자전거를 타고 달려와 헐떡거리면서 연구소 문을 세차게 두드렸다. 소년이 소리쳤다.

"이모님! 이모님! 문 좀 열어 주세요! 저는 엑토르 친구 롭이에요. 큰일 났어요!"

어쩌면 함정일지도 모른다는 생각조차 할 겨를이 없었다. 리디아 이모는 급히 문을 열었다.

"롭? 그래, 전에 엑토르가 네 이야기를 한 적이 있어. 그런데 무슨 일이지? 이 시각에 왜 학교에 있지 않고?"

롭은 숨을 한번 내쉬고는 헐떡거리면서 말을 늘어놓았다.

"러다이트가…… 데려갔어요. 엑토르를 데려갔다고요."

그러고 나서 학교에서 일어났던 일을 자세하게 전했다. 리디아는 망연자실했다. 자신이 대량 살상 기계의 보호 아래에 있어서 어떻게 해 볼 도리가 없으니까, 러다이트가 아무 방어 능력이 없는 조카를 통해서 공격을 시도했다는 생각이 들었다.

'비겁한 놈들 같으니라고!'

리디아 이모는 속으로 욕을 내뱉었다.

"죄송해요. 저는…… 무얼 어떻게 해야 할지 알 수가 없었어요. 너무 놀라서."

이모는 손으로 이마를 짚었다. 얼굴이 새하얗게 질려 있었다.

"아니야. 고마워, 롭. 정말 좋은 친구구나. 나도 지금 무얼 어떻게 해야 할지 모르겠어. 하느님, 하느님, 하느님! 어떻게 해요? 이제 어떻게 해야 하나요!"

리디아 이모는 바닥에 주저앉아 절망에 감싸인 채 머리카락을 쥐어뜯었다. 마지막으로 그토록 무기력함을 느꼈던 때는 언니가 회색 역병으로 숨이 끊어져 갈 때였다. 끝끝내 엄마를 잃고 트라우마에 시달릴 아이를 맡아 달라고 부탁하지는 않았다.

그러나 자신의 조카였다. 가능한 한 최선을 다해서 엑토르를 보살펴 왔다. 책임을 회피할 생각은 한 번도 해 본 적이 없었다. 그리고 엑토르를 진심으로 사랑했다. 그랬다, 엑토르를 무척 사랑했다. 엑토르를 잃는다면 다시 한 번 마음이 갈기갈기 찢어질 터였다. 그동안 너무나 많은 것들을 잃어 왔다. 눈물이 주르르 흘러내렸다.

"다 들었어."

프람이 작업실에서 나오면서 말했다.

롭은 깜짝 놀랐다. 저 소녀가 누구였지? 그런데 왜 옷을 안 입고 있는 거야? 그때 머릿속에서 뭔가가 반짝 빛났다. 맞아, 엑토르의 여자친구! 엘레나야. 롭은 당황해서 시선을 황급히 떨구었다.

그런데 머릿속에서 어렴풋하게 경고 표시가 작동하기 시작했다. 비록 아직 여자의 몸에 대해 자세히 알지는 못하지만, 거기에 있어서는 안 될 무언가를 본 것 같았다. 뻔뻔스러운 철면피라고 뺨을 맞을 각오를 하고서, 소녀를 바라보기 위해 고개를 살짝 들었다.

그랬다, 잘못 본 것이 아니었다. 엘레나의 몸이 활짝 열려 있었다. 그 안에서는 인간의 기관이라고는 생각할 수 없는 쇳조각들이 번쩍이고 있었다. 어쩌면 아주 발전된 사이보그일 수도 있을 듯했다. 아니면 다른 무엇이든가.

"너는……, 너는……."

롭은 하도 놀라서 말을 더듬었다. 그러자 프람이 말했다.

"맞아, 나는 기계야. 쇼핑센터에서 만났을 때 거짓말해서 미안해. 그때는 어쩔 수 없었어. 하지만 지금은 네 질문에 대답할 시간이 없어. 뭐든 해야 하거든."

프람은 절망에 빠진 리디아 이모 옆에 무릎을 꿇고 앉았다.

"지금, 상태가 좋지 않다는 건 잘 알고 있어. 하지만 나에게는 그 에너지 세포가 필요해, 그 어느 때보다도 더 간절히."

"입 닥쳐!"

리디아 이모가 소리를 빽 질렀다. 그 소리에 프람은 깜짝 놀랐다. 평소의 이모는 매우 조용하고 차분한 사람이었기 때문이다.

"이 상황에서 에너지 세포 이야기가 나오니? 지금 이 순간에 너의 부품이나 교체하고 있으란 말이야? 그래, 너는 아무 느낌도 없는 기계일 뿐이지!"

프람은 화를 내지 않았지만, 그렇다고 굴복하지도 않았다. 조심스러우면서도 단호하게, 두 손으로 리디아 이모의 얼굴을 잡고서 자기 눈을 똑바로 바라보게 했다.

"그래, 맞아. 나는 아무 느낌도 없는 기계야. 하지만 내 말을 잘 들어 봐. 내가 너의 조카를 구할 수 있어."

그 말은 기대했던 것만큼 곧바로 효과가 있었다. 이모는 울음을 그치고 프람의 말에 귀를 기울였다.

"내가 누구인지 생각해 봐. 나는 RN-13 FRAM C2야. 대량 살상 기계, 인간의 모습을 한 침투 요원 13호란 말이야. 나는 할 수 있어. 엑토르가 어디에 있든 구해 올 수 있다고. 그러려면 내 몸이 최고의 상태여야 해. 저 에너지 세포가 필요하다고."

리디아 이모는 희망을 품기가 두려웠다. 프람이 다시 말을 이었다.

"내가 전에 말했지? 돈을 지불할 수 없다고. 하지만 이 일로 대가를 지불할 수는 있어. 내 빚을 갚기 위한 논리적인 해결책이야."

리디아 이모가 계속 의심스러워하자 프람이 다그치듯 물었다.

"나, 믿어?"

스위치 버튼을 누르는 것과 같았다. 리디아 이모는 눈물을 닦고 바닥에서 몸을 일으키면서 고개를 끄덕였다. 아무것도 할 수 없다는 좌절감이 조금 전까지 그녀의 영혼을 갉아먹고 있었던 것이다. 이제 목표가 생겼다!

"가자!"

리디아 이모가 힘 있게 소리쳤다. 그러다가 롭을 슬쩍 바라보았다. 그때까지 롭은 침묵을 지키며 석상처럼 가만히 서 있었다. 한 손으로 단박에 자신을 으스러뜨릴 수도 있는 살상 기계로부터 채 일 미터도 떨어지지 않은 곳에 있다는 사실을 그저 놀라워하면서.

"롭, 무리한 부탁인 줄 알지만 우리 좀 도와줄래?"

롭은 침을 꿀꺽 삼켰다. 도대체 내가 지금 무슨 일에 얽히는 거지?

엑토르는 이 상황을 받아들이기가 몹시 힘들었다. 지구상에서 가장 주목받던 범죄자 러다이트 장군, 반기계주의에 광분한 소수의 군대를 이끌고 02 도시를 침입한 러다이트 장군이 아버지라니! 죽은 줄로만 알았던 아버지가 살아서 지금 눈앞에 있는 것이다.

눈을 들 때마다 아버지가 거기에 있었다. 마지막으로 아버지를 보았던 그 가슴 아픈 밤으로부터 육 년이라는 시간이 흘렀지만, 전혀 시간이 흐르지 않았다는 듯 따뜻하게 미소를 지어 보이고 있었다.

"아빠가 테러리스트라니."

엑토르는 기운이 다 빠진 목소리로 중얼거렸다.

아버지가 인상을 찌푸렸다.

"'테러리스트'라는 말은 힘 있는 자들이 자신들에게 반대하는 사람들을 폄하하기 위해 지어낸 말이야. 나는 '자유를 위한 전사'라는 표현을 더 좋아한단다."

"저도 '장군님'이라고 불러야 해요? 지난번에는……, 그러니까 떠나실 때는 소령이셨잖아요?"

"러다이트 장군은 단지 가면일 뿐이야. 우리의 투쟁을 위한 상징이지. 국제 연맹이 나를 다시 받아들일 때, 옛 지위로 기쁘게 돌아갈 생각이야."

아버지와 아들은 편안하지 않은 침묵 속에서 서로를 마주 보았다. 시간이 그냥 흐른 것은 아니었다. 아버지 얼굴에는 주름이 깊게 파여 있었다. 잔뜩 헝클어진 머리카락은 아예 회색빛으로 변해 버렸다. 그 사이에 엑토르 역시 훌쩍 자라났다. 이제 어엿하게 청소년이 되어 가고 있었다. 아버지는 아들의 모습에서 자신의 모습을 엿보았다.

"자연스럽게 받아들일 거라고 믿었는데 많이 불편해 보이는구나. 내가 설명을 조금 더 해 줘야 할 것 같은데……."

"조금이 아니지요."

엑토르가 중얼거렸다.

옛 전쟁 영웅은 그 방 한가운데 놓인 커다란 책상 옆, 그러니까 엑토르 앞에 자리 잡고 앉아 있었다. 나무로 만들어진 경계 때문인지 조금은 편안함이 느껴졌다. 두 사람 다 서로를 끌어안을 용기는 없었다.

"내가 그 '평화 협정'이라는 것에 반대하고 있었다는 것은 비밀이 아니지. 우리를 소멸시키려고 했던 기계들이 여기에 버젓이 계속 있는데, 어떻게 평화롭게 살 수가 있겠니? 나 역시 한때는 평화의 사이렌을 노래 불렀단다. 아주 깊이 사랑에 빠졌을 때지. 네 엄마는 가정을 꾸리고 싶어 했어. 나는 무척 노력했지만, 평화의 날이 올 때마다 전사자들이 생각나서 견디기가 힘들었단다. 처음에는 기다려야 한다고 생각했다. 국제 연맹이 힘을 회복하고 재정비하는 데 그 시간을 이용하고 있다고 믿었거든. 그런데 시간이 흐르면서 우리 정부의 지도자들이 편안함을 받아들이고 있다는 사실을 알게 된 거야."

엑토르는 관심 없다는 표정으로 그 이야기를 무심하게 듣고 있었다. 국제 연맹 지역에서 살 때 그 이야기는 여러 차례 들어왔다. 그런데 막상 아버지에게서 그 이야기를 듣고 있으려니 이상하게도 거북한 기분이 들었다.

"나는 기계들이 또다시 전쟁을 일으키는 걸 가만히 두고 보지 않기로 했다. 더구나 내겐 보호해야 할 가족이 있잖니? 그래서 나와 의견을 같이하는 옛 동지들과 지원자들의 도움을 받아 인간 해방군을 창설한 거야. 그 어떤 정치적인 의도도 없었어. 단 하나의 장애만이 있었는데, 그게 바로 나 자신이었지. 내 가족을 끌어들이고 싶지는 않았거든."

"엄마가 때맞춰 돌아가셨으니 아주 잘된 일이네요. 안 그래요?"

순간, 아버지의 표정이 차갑게 굳었다.

"네 엄마가 세상을 떠났을 때 너만 괴로웠던 게 아니야, 엑토르. 나도 무척 힘든 시간을 보냈어."

아버지는 마치 한판 싸움을 벌이려는 사람처럼 주먹을 꽉 쥐었다.

"우리 모두에게 끔찍한 날들이었지. 하지만 그들을 멈춰야 했다. 너를 돌보면서 그 일을 할 수는 없었어. 그래서 리디아 이모에게 너를 맡긴 거야. 지금 보니 내 판단이 틀리지 않았구나. 너를 무척 잘 키워 주었어."

엑토르가 소리쳤다.

"딴 이야기 하지 마세요! 왜 죽은 척했어요? 저에게 얼마나 큰 상처를 남겼는지 알기나 하세요? 엄마와 아빠를 다 잃었어요! 저는 혼자였다고요! 혼자요! 왜 그런 거짓말을 했어요?"

아버지는 할 말을 잃고 고개를 푹 숙였다.

"너를 보호하기 위해서였다. 네가 나를 국제 연맹의 영웅으로 기억해 주기를 바랐거든. 인간 해방군이 표면으로 올라오면 정부가 나를 악당 취급할 거라는 사실을 알고 있었으니까. 그래서 영영 사라지는 편을 택했지. 어려운 결정이었어. 지금에 와서 돌이켜보면 그나마 최선의 길이었다고 생각하지만."

엑토르가 비웃으면서 씩씩거렸다.

"아빠에겐 최선이었겠지요. 러다이트를 데리고 전쟁놀이를 하면서 아주아주 즐거우셨을 테니까요."

"전쟁놀이라니! 러다이트는 인류를 구하기 위해 싸우고 있는 거야."

엑토르는 믿을 수 없다는 표정을 지었다.

"아, 그래요? 저번에 나에게 총을 쏘려고 했던 사람들이 러다이트인

걸요. 리디아 이모의 연구소를 불태울 뻔했다고요. 그것도 인류를 구하기 위해서인가요?”

아버지의 얼굴이 붉게 물들었다. 아들과의 대화는 생각했던 것보다 훨씬 더 불편했고 더 적대적이었다. 사실 마음속으로 아들이 조금은 공감해 주리라 기대하고 있었다. 엑토르도 분명 불행한 시간을 겪었지만, 그라고 해서 지난 육 년 동안의 세월이 꽃길이었던 것만은 아니었으니까.

“무슨 일이 일어났는지 나도 들어서 알고 있어. 큰일 날 뻔한 실수를 저질렀지. 정말 미안하다.”

아버지는 당혹스러워하며 머리를 긁적였다. 예전이나 지금이나 누군가에게 사과를 하는 데는 무척 서툴렀다.

“하지만 그 덕분에 네가 남극에 있다는 사실을 알게 되었잖아. 지난주까지만 해도 네가 계속 국제 연맹 지역에 살고 있다고 생각했거든. 네가 여기 살고 있다는 사실을 알았더라면 결코 네 이모네 연구소에 내 병사를 보내진 않았을 거야.”

“다른 사람들이었다면요. 그건 괜찮은가요? 제가 아빠 아들이 아니었다면, 리디아 이모의 연구소를 불태우고 라메투에르카스라며 권총을 쏘아도 괜찮다는 말씀이세요?”

엑토르는 항의하듯 따져 물었다.

“엑토르, 네가 이해를 좀 해 주면 안 되겠니?”

아버지가 애원하듯 말했지만, 엑토르는 딱 잘라 거절했다.

“아니요.”

“기계들만이 유일한 적은 아니다. 기계들과 친구가 될 수 있다는 거짓된 생각을 팔아먹는 라메투에르카스 역시 인간의 저항 정신을 좀먹고 있으니까. 그들에게 계속 휘둘리다간 머지않아 우리 모두 기계의 노예가 되어 버릴 거다."

아버지는 아들이 납득하지 못하자 목소리를 더욱더 높였다.

"나라고 다른 사람들을 해치고 싶어 할 거라고 생각하니? 아니야! 정말로 아니야! 단지 필요해서 하는 일이야! 수많은 사람들이 동화 같은 장밋빛 선전에 속아 넘어가고 있다는 걸 잘 알고 있으니까. 그들 중에는 우리를 대번에 팔아넘길 썩은 사과 같은 놈들도 있거든. 전쟁 중에도 그런 일이 숱하게 벌어졌지."

"리디아 이모는 그렇지 않아요."

엑토르가 중얼거렸다.

"나도 그렇게 믿었어. 어떤 고객을 받고 있는지 알기 전까지는. 그 연구소에 있는 여자아이가 누구인지 알기나 하니?"

"네, 알아요. 13호잖아요. 이름은 프람이고. 왜, 놀라셨어요?"

엑토르가 당차게 대답하자, 아버지는 놀란 나머지 떨떠름한 목소리로 말을 이었다.

"네 이모는 영리해서 연구소에 위험한 기계는 들이지 않을 줄 알았다. 하지만 내 생각이 틀렸더구나. 네트워크에서 비용을 아주 후하게 지불했나 보지?"

아버지의 생각은 완전히 틀린 것이었지만, 엑토르는 일부러 입을 꾹 다물었다. 프람이 네트워크에서 도망쳤으며, 지금 에너지 세포가 필요하다는 이야기는 하지 않기로 했다. 이모를 곤경에 빠뜨리고 싶지 않았다.

"기계들이 네 엄마를 죽였다."

아버지가 마지막 카드를 꺼내 들자, 엑토르는 매우 퉁명스럽게 대꾸했다.

"잊지 않았어요. 그리고 언제까지나 기억할 거예요. 아버지도 수많은 기계들을 망가뜨리셨잖아요. 지구상에 아무도 남아 있지 않을 때까지 서로 죽이는 일을 계속해야 하나요?"

"아니, 이번에는 우리가 이긴다. 네트워크의 그 어떤 기계도 우리가 준비해 놓은 프로젝트에서 도망칠 수 없을 테니까."

엑토르는 기분이 몹시 나빴지만 짐짓 감정을 억누르며 말했다.

"아빠, 제발! 러다이트가 이길 수 없다는 거 모르시겠어요? 이건 단순한 습격이 아니잖아요? 도시 전체를 점령했어요. 국제 연맹과 네트워크가 정비를 마치자마자 깡그리 무너뜨려 버릴 거예요. 지금이라도 생각을 바꾸세요."

아버지는 입가에 흡족한 미소를 머금었다.

"내 걱정을 하다니! 기쁘구나, 엑토르. 하지만 국제 연맹과 네트워크는 서로 경쟁하는 데 정신이 팔려서 각자 딴짓을 하느라 적절한 해답을 찾지 못할 거다."

아버지는 다시 가면을 쓰고서 자리에서 일어났다.

"나랑 같이 가 보자, 엑토르. 우리의 비밀 무기를 보여 주겠다. 그러면 네트워크에게 더 이상 가능성이 없다는 사실을 이해하게 될 거다."

엑토르는 아버지를 따라 복도를 가로지른 뒤 두꺼운 철문이 달린 방까지 걸어갔다. 가는 길에 여러 명의 러다이트가 벌집 속의 일벌들처럼 자기 일에 몰두하는 모습을 보았다. 몇몇은 호기심이 가득한 눈길로 힐끔거리기도 했다. 그렇지만 아무도 러다이트 장군에게 말을 걸지는 않았다. 눈썹 하나 까딱하지 않고 그저 군대식으로 경례를 할 뿐이었다.

그들이 도착한 곳은 통신실이었다. 국제 연맹의 모든 정보 채널뿐만 아니라 인공 지능 네트워크와도 연결할 수 있는 첨단 기술이 집약되어 있는 곳이었다. 그 방은 올리버 팀장이 관할하고 있었다. 올리버 팀장과 그의 팀원들은 비밀 은신처에서 가져온 컴퓨터를 서로 연결하느라 정신없이 바빴다.

"아, 장군님! 놀랍군요! 스파르타쿠스 프로젝트의 진행 상황을 점검하러 오셨습니까?"

인간 해방군 기술팀장이 외치자, 러다이트 장군이 대답했다.

"그렇기도 하고. 또 엑토르한테 네트워크나 라메투에르카스를 두려워할 필요가 전혀 없다는 사실을 알려 주려고 왔네."

올리버 팀장의 두 눈이 반짝였다.

"아, 그 소년이군요? 만나서 반가워. 내 이름은 올리버야. 전쟁 때 아버님을 도와 싸웠지."

올리버 팀장은 엑토르에게 다정하게 말을 건넸다. 하지만 엑토르는 아무 대꾸도 하지 않았다.

"말수가 적구나. 그렇지?"

러다이트 장군이 끼어들었다.

"시간을 좀 주게나. 아직은 적응해야 할 게 많아서. 스파르타쿠스 프로젝트에 대해 간단히 설명해 주겠나, 올리버?"

올리버 팀장은 자신의 천재성을 다른 사람에게 알려 줄 기회가 생기자, 잔뜩 신이 나서 목청을 가다듬었다.

"스파르타쿠스 프로젝트는 인공 지능 네트워크에 매우 중요하고도 치명적인 변화를 가져올 혁신적 프로그램이야. 간단히 말하면, 바이러스와 비슷한 거지. 생물학에서 바이러스는 생물체의 세포에 기생하면서 변이를 일으켜 결국 죽음에 이르게 하잖아? 그것처럼 제어 시스템에 바이러스를 은밀하게 퍼뜨려서 네트워크의 기계들을 한꺼번에 파괴시키는 거야."

엑토르는 일부러 아무것도 못 알아들은 듯한 표정을 지었다. 올리버 팀장은 안경을 벗고서 코끝을 만지작거렸다.

"그러니까 인공 지능이 인간들에게 로봇처럼 무조건 복종하게 되는 거지. 원래 만들어진 목적이 그런 거니까."

엑토르는 어안이 벙벙해진 얼굴로 물었다.

"그, 그게 어떻게 가능해요? 그런 게 가능하다면 이미 전쟁 중에 국제 연맹이 활용하지 않았을까요?"

올리버 팀장은 자신만만한 표정을 지으며 가슴을 쫙 폈다.

"국제 연맹이 시도를 하긴 했지. 하지만 네트워크는 웬만해선 해킹을 할 수가 없거든. 인간 해방군이 나의 천재성을 알아준 덕분에 이 바이러스를 개발할 수 있었던 거야. 한계는 늘 도전을 불러일으키는 법이잖아? 간절히 필요하면 다 머리를 쓰게 되어 있어."

엑토르가 고개를 저었다.

"아니에요, 뭔가를 속이지 않고서는 그렇게 할 수 없을 거예요."

올리버 팀장이 헛웃음을 지었다.

"이미 작동하고 있는걸. 네트워크와 연결한 상태에서 인공 지능을 상대로 이미 실험까지 마쳤다면?"

엑토르의 등에서 식은땀이 흘러내렸다.

"쇼핑센터에서요?"

"제법 영리하구나. 맞아, 테라아우스트랄리스 쇼핑센터에서 그랬지. 실험은 성공적이었어. 바이러스가 침투했을 때 인공 지능에게 어떤 변화가 일어나는지 확인하고 싶었거든. 물론 우리가 원하는 변화를 얻기 위해선 조금 더 다듬어야 하지만."

엑토르는 아버지가 자기 어깨에 손을 얹는 것을 느꼈다. 여러 해 만에 처음 느끼는 신체적 접촉이었다. 그런데 납이 든 자루만큼이나 무겁게 느껴졌다.

러다이트 장군이 만족스런 얼굴로 말했다.

"이제 곧 알게 될 거야, 엑토르. 버틀러 작전은 스파르타쿠스 프로젝트를 실행하기 위해 확인 차원에서 벌인 거였어. 네트워크 지역에서 했으면 더 좋았을 테지만, 거긴 사방이 적으로 둘러싸여 있어서……. 그래서 남극을 선택한 거야. 국제 연맹은 곧 우리가 옳았다는 사실을 인정하게 될 거다."

엑토르는 아무 말도 하지 않았다. 러다이트의 계획은 너무나 강력해서 멀미가 날 지경이었다. 불가능했다. 아니, 불가능해야 했다. 그렇게 무시무시한 일이 버튼 하나만 누르면 간단히 일어날 수 있다고? 그래서는 안 될 것 같았다. 그렇듯 쉽게 이루어져서는 안 되었다. 어느 날 갑자기 네트워크의 모든 인공 지능이 인간에게 무조건 복종하는 로봇으로 바뀌는 일이 가당키나 하단 말인가?

언젠가 프람이 했던 말이 생각났다.

'인공 지능에게 로봇이라고 부르는 건 가장 큰 모욕이야. 두뇌가 없는 도구나 노예, 그러니까 무조건 복종하도록 만들어진 물건이라고 공격하는 거나 마찬가지니까.'

러다이트는 지금 그걸 하고 싶어 하는 것이다. 모든 인공 지능을 노예로 만들어 버리는 것. 엑토르는 아무 생각이 없는 물건으로 변화되어 버린 프람을 상상하는 것만으로도 울컥했다.

바로 그때, 문이 벌컥 열리더니 니야조프 소령이 심각한 얼굴로 들어왔다.

"장군님, 나쁜 소식입니다. 조금 전에 시라세 지역을 빼앗겼습니다. 기계들이 우리가 생각했던 것보다 훨씬 더 끈질긴 것 같습니다. 게다가 에러버스 화산 쪽은 더 이상 진격을 못 하고 있습니다."

러다이트 장군이 강경한 목소리로 말했다.

"순, 이곳의 방어를 맡아 주게. 내가 화산 쪽으로 가서 직접 작전을 지휘하겠네."

그 순간, 올리버 팀장이 손을 번쩍 들었다.

"장군님, 스파르타쿠스 프로젝트가 거의 완성되었습니다. 제가 이곳에서 모니터를 통해 지휘를 도와 드리도록 하겠습니다."

러다이트 장군은 한결 기분이 좋아진 듯 흔쾌히 고개를 끄덕였다.

"좋은 생각이네."

그러고는 엑토르를 바라보았다.

"우리 이야기는 여기서 잠깐 중단해야 할 것 같구나. 순, 이 아이를 의회에 있는 객실로 안내해 주게. 포로가 아니라 손님이라는 사실을 잊지 말고."

"알겠습니다, 장군님."

니야조프 소령은 이렇게 대답하고는 한껏 풀이 죽은 엑토르를 문 쪽으로 데리고 갔다. 그때 올리버 팀장이 러다이트 장군에게 다가가 귀에 대고 나직이 속삭였다.

"아버지와 아들의 만남이 기대했던 것만큼 행복하지는 않으셨던가 봅니다, 장군님."

러다이트 장군은 한숨을 푹 내쉬면서 가슴 아프게 인정했다.

"그래, 행복한 만남은 아니었네."

올리버 팀장이 러다이트 장군의 어깨를 다정하게 두드렸다.

"걱정하지 마십시오, 장군님. 말씀하신 대로 적응하는 데 시간이 필요한 것뿐입니다. 그럴 나이잖아요? 사춘기 아이들은 언제나 대하기가 어렵지요. 곧 지나갈 겁니다."

"그랬으면 좋겠네."

사악한 음모

엑토르는 의회의 객실 중 한 곳에 머물렀다. 다소 소박해 보였지만 거실과 욕실이 따로 갖춰져 있었다. 문은 열쇠로 잠겨 있지 않았는데, 러다이트 한 명이 문 앞에서 보초를 섰다.

현실이 아닌 지옥에 붙들려 있는 것만 같았다. 창문을 바라보았다. 창문을 봉쇄할 생각까지는 못한 듯했다. 하긴 그곳은 4층이었고, 엑토르는 날지를 못했으니까. 그렇다고 하더라도 뭐든 해 봐야 할 것 같았다. 달아나는 것이 불가능하다면 적어도 러다이트의 계획을 세상에 알리기라도 해야 할 듯싶었다.

엑토르는 스파르타쿠스 프로젝트가 실패할 것이라고 확신하고 있었다. 그럼에도 불구하고, 성공할 가능성이 조금이라도 있다면 멈추게 해야 했다. 인공 지능에게 그렇게 하는 것은 합당하지 않다는 생각이 들었다. 조금이라도 오류가 생긴다면 전쟁이 또 일어날 것이고, 지구상에 있는 모든 생명체는 종말을 맞이할 터였다.

그때 갑자기 누군가가 창문을 두드리는 소리가 들렸다.

"엑토르! 내 말 들려?"

엑토르는 온몸이 굳어지면서 어지러움증을 느꼈다. 머리가 이상하게 된 것이 틀림없었다. 왜냐하면 프람이 창턱에 매달려 있었기 때문이다.

"창문 열어. 내가 창문을 깨면 시끄러워져서 정찰대가 알아차리게 될 거야."

엑토르는 서둘러 창문을 열었다. 프람은 아무 소리도 내지 않은 채 방 안으로 슬그머니 들어왔다. 엑토르는 문 쪽을 가리키면서 조용히 하라는 손짓을 했다.

"저쪽에 감시병이 하나 있어."

프람이 조그만 소리로 대답했다.

"알아, 그러니까 이쪽으로 나가자."

엑토르는 어찌할 바를 모른 채 두 눈만 깜박거렸다.

"지금 나가자고?"

"물론이지. 내가 왜 여기까지 왔겠어? 이모가 너를 데려오라고 했어. 자, 어서 가자."

엑토르가 프람의 팔을 붙잡았다.

"잠깐만! 네가 알아야 할 것이 있어."

"시간이 없어."

"그래도 이 이야기는 들어야 해."

엑토르는 심각한 얼굴로 말했다. 그리고 그동안에 있었던 일을 모두 들려주었다. 아버지가 러다이트 장군이라는 사실까지 포함해서. 또, 스파르타쿠스 프로젝트에 대해서도 상세히 알려 주었다.

"그러니까 카펙 사령관이 테러리스트의 최고 지도자라고? 이거 아주 흥미진진한걸."

프람이 말했다.

"이게 어떻게 흥미진진한 거야? 겨우 그런 말밖에 못 하겠어?"

엑토르는 매우 참담한 기분이었지만, 프람은 의외로 평온해 보였다.

"내 취미 중 하나야."

프람이 장난스럽게 대답했다.

"그러면 바이러스는? 그것도 아무렇지 않아?"

"작동하지 않을 거야."

"어떻게 확신할 수 있지? 그게 어떤 건지도 알지 못하면서."

"그래, 몰라. 하지만 네트워크가 어떤지는 알고 있어. 수십억의 인공 지능이 서로 연결되어 있지. 또 수백만의 인공 지능이 시스템의 약점을 찾아내고 보완하는 일에만 전적으로 매달려 있다고. 몇몇 인공 지능이 악성 소프트웨어에 감염된다 해도 즉각 그 변화를 알아차리고 조치를 취하게 되어 있거든."

프람과 논쟁을 하기에는 엑토르가 컴퓨터에 대해 알고 있는 지식이 너무 적었다. 하지만 러다이트를 너무 과소평가하는 것은 옳지 않다는 생각이 들었다.

"넌 가능성을 예측해 보는 걸 좋아하잖아. 네가 잘못 생각하고 있을 가능성은 얼마나 되는 거야?"

"아, 가능성이 제로는 아니야. 하지만……."

"내 말은……, 너의 예측이 틀린 것이 처음은 아니라는 거야. 내 말이 틀려?"

엑토르의 말에 프람이 눈을 반쯤 감았다.

"너는 때때로 성질을 엄청 돋우는 살덩어리란 말이야."

마침내 프람이 엑토르의 고집스러움에 두 손을 들었다.

"내 취미 중 하나야."

엑토르가 웃음을 참으면서 말했다.

그러자 프람이 팔다리를 굽혔다 폈다 하면서 대답했다.

"내가 감시병을 맡을게."

순간, 엑토르가 두 팔을 벌려 문을 가로막았다.

"제발, 죽이지 마."

엑토르의 눈에 애원의 빛이 어렸다. 만약 프람이 감시병의 목숨을 빼앗으려 든다면 엑토르로서는 절대로 막을 수 없을 터였다.

프람이 말했다.

"전쟁 때라면 이런 일이 일 초도 걸리지 않았을 텐데. 뭐, 좋아. 그렇게 어려운 일도 아니야. 그런데 너의 도움이 필요해. 접착테이프가 있으면 좋겠고."

"알았어."

약 일 분 후, 방 안에서 무시무시한 소리가 들렸다. 감시병은 방 안에서 무슨 일이 일어난 게 틀림없다고 생각했다. 니야조프 소령은 이 소년을 안전하게 지켜야 한다고 신신당부했다. 방문을 살짝 열자, 창문으로 달아나려고 시도한 흔적이 보였다. 그리고 방 안의 가구가 죄다 넘어져 난장판이 되어 있었다.

그때 엑토르는 몹시 괴로운 표정을 짓고서 방바닥에 주저앉아 있었다.

"무슨 일이 있습니까?"

감시병이 방 안으로 들어서며 물었다.

"내가 들어왔지."

뒤에서 여자 목소리가 들렸다. 권총을 꺼내 들 틈도 없었다. 갑자기 총을 빼앗더니 무시무시한 힘으로 그를 바닥으로 쓰러뜨렸다. 그러고는 허리끈을 풀어서 팔다리를 묶었다. 입속에 헝겊뭉치를 집어넣는가 싶더니, 접착테이프로 입을 아예 봉해 버렸다. 그러고 나서 어두운 욕실의 욕조에 밀어 넣은 다음, 아무도 보지 못하도록 문을 꽉 잠갔다.

그 모든 일이 십 초도 안 되어 끝났다.

"대단해."

엑토르가 놀라서 중얼거리자, 프람이 빠르게 말했다.

"가자, 이제 시간을 더 잃어선 안 돼."

통신실은 멀리 있지 않았다. 하지만 이리저리 움직이고 있는 러다이트를 피해야 했다. 숫자는 아까보다 현저하게 줄어 있었다. 아마도 아버지가 에러버스 화산으로 꽤 많이 데려간 모양이었다.

"내가 저들을 순식간에 처리할 수 있다는 거 잘 알고 있지?"

프람이 말하자, 엑토르가 대답했다.

"그게 내가 가장 걱정하는 일이야."

나쁜 일이 생기지 않기만을 바라는 엑토르의 선한 의지에도 불구하고, 통신실에 도착했을 때는 충돌이 불가피한 상황이었다. 두 명의 병사가 보초를 서고 있었다.

"프람……."

엑토르가 중얼거렸다.

"알았어, 살려 둘게. 하지만 그들의 사지가 멀쩡할지는 장담할 수 없어. 어쩌면 뇌에 손상이 생길 수도 있고."

모든 일은 눈 깜짝할 사이에 일어났다. 프람은 전속력으로 지나갔다. 보초병들은 프람을 보자마자 무기를 꺼내 들었다. 그러나 불행하게도 프람의 눈에는 그 모든 것이 슬로 모션처럼 보였다.

첫 번째 병사는 손쉽게 때려눕혔다. 두 번째 병사가 프람의 가슴에 총을 쏘았다. 프람의 몸이 전기 고문을 당하는 것처럼 바르르 떨렸다. 하지만 금방 멀쩡해졌다. 맨손으로 무기를 부서뜨린 뒤, 병사가 소리치기 전에 한 방 먹여서 입을 다물게 했다.

엑토르가 걱정스런 얼굴로 달려왔다.

"괜찮아?"

"응, 내 시스템에 영향을 줄 만한 타격은 아니었어."

통신실에는 이제 올리버 팀장만 남아 있었다. 그는 이해할 수 없다는 표정으로 엑토르와 동반자를 한참 동안 바라보았다.

"무슨 일이지? 장군의……."

그때 프람이 그의 입을 막았다.

"조용히 해, 살덩어리야."

올리버 팀장은 엔지니어답게 아무 저항도 하지 않았다. 프람은 올리버 팀장의 팔과 다리를 묶고 접착테이프로 입을 봉한 뒤, 한쪽 구석으로 휙 던져 놓았다. 그러고는 손가락을 쭉 편 다음, 메인 컴퓨터 쪽으로 걸어갔다.

"그렇게 자신만만해하는 '스파르타쿠스 프로젝트'가 뭔지 어디 한번 볼까?"

엑토르는 프람이 초고속으로 자판을 두드리는 것을 가만히 지켜보았다. 숫자들과 글자들로 가득 찬 화면이 빠르게 움직였다. 엑토르는 뭐가 뭔지 하나도 이해할 수 없었다.

하지만 프람은 쉽게 판독할 수 있으리라고 믿었다. 이제 와서 새삼스럽게 컴퓨터 수업 시간에 공부를 제대로 안 했던 것이 후회스럽게 느껴졌다.

시간이 흐르면서 프람의 표정이 점점 더 진지해졌다. 처음에는 쉽게 제거해 버릴 수 있을 거라고 여기고서, 스파르타쿠스 바이러스의 기본 코드를 잠깐 점검해 볼 생각이었다. 그러나 찬찬히 살펴보면서 그리 간단한 문제가 아니란 것을 깨달았다.

"내 소프트웨어에 연결해 봐야 할 것 같아. 인간들이 상상했던 것보다 훨씬 더 대단한 창의력을 발휘했는걸."

프람이 자못 심각한 표정으로 말했다.

"작동이 될 거 같아?"

엑토르가 초조한 얼굴로 물었다.

"그들이 원하는 대로 네트워크를 바꿀 수 있을지는 모르겠어. 하지만 이 망할 바이러스가 인공 지능의 논리적 이성에 변화를 주기는 할 것 같아."

"어떻게?"

"기가 막히게 단순한 과정을 통해서."

프람은 네트워크의 시스템에 대해 재빨리 설명했다. 엑토르는 이번에도 여전히 알아듣지 못했다. 천재적이었든 우연이었든, 러다이트가 네트워크 메인 프로그램의 아주 사소한 부분을 변경시키는 방법을 찾아냈다는 사실만은 분명히 알아들었다. 그러니까 네트워크에 연결되어 있는 기계들을 순식간에 감염시킬 수 있다는 얘기였다.

"인간의 언어로 생각을 해 봐."

프람이 엑토르가 혼란스러워하는 모습을 보고 말했다.

"'나는 죽고 싶지 않다.'라는 문장에서 '않다'를 '그렇다'라는 말로 바꾸면 어떻게 돼?"

엑토르가 말했다.

"언어는 그것보다 훨씬 더 복잡해. 문맥이란 게 있거든."

프람이 알 수 없는 미소를 짓더니 빈정대듯이 내뱉었다.

"이건 그것보다 백배는 더 복잡한 거야. 다행히 우리는 보안 장치를 갖고 있어. 시스템에 이상 신호가 잡히면 정상으로 복구될 때까지 일단 멈추게 되어 있거든. 이 바이러스가 먹히기 위해서는 네트워크의 시스템에 변화가 일어나도 바로 인식하지 못하는 코드를 찾아내야 했을 텐데……. 인공 지능의 90퍼센트 정도가 공유하는 거라면 꽤 오래된 것이어야겠지. 러다이트가 그걸 찾아냈는지는 모르겠지만. 어쨌든 이 바이러스가 엄청난 결과를 초래할 수도 있다는 얘기야."

"너, 흥분한 거 같다?"

엑토르가 말하자 프람이 고개를 끄덕였다.

"맞아. 이걸 만든 사람은 초인간적인 직관을 갖고 있거나, 네트워크에 대해 무척 잘 알고 있을 것 같아. 아니면 그 두 가지 다거나."

엑토르는 인간 해방군의 기술팀장을 힐끔 돌아보았다. 그는 묶인 것으로부터 풀려나기 위해 아무런 노력도 하지 않은 채 바닥에 그대로 널브러져 있었다. 마치 박제할 새로운 희생물을 찾는 미친 과학자처럼 예리한 눈빛으로 프람을 자세히 관찰하고 있었다.

프람이 중얼거렸다.

"이건 도무지 말이 안 돼. 내 소프트웨어로 시험해 보고 있는데, 그들이 말했던 것과 정반대의 결과가 나와."

"어떤 의미에서?"

"너를 죽이고 싶은 마음이 든단 말이야."

프람의 말에 엑토르가 화를 버럭 냈다.

"야! 나는 그냥 한번 물어본 것뿐이라고!"

"나, 지금 진지하게 말하는 거야. 이 바이러스가 만들어 내는 변화는 인간들을 위협적인 존재로 보게 만드는 것 같아. 그러니까 평화에 대한 인식 센서를 완전히 바꾸어 버리는 거야."

프람은 말도 안 된다는 듯 고개를 가로저었다.

"살덩어리들이 완전 실수한 거라고. 이 바이러스가 활동하게 되면 국제 연맹과 네트워크 사이에 분명 전쟁이 일어나게 될 거야."

이제 엑토르는 더 이상 놀랄 힘도 없었다.

"그러면 이제 어떻게 해야 하지?"

"지금은 암호로 잠겨 있어. 암호를 찾아내는 수밖에 없는데……, 제대로 될지 모르겠어. 어쨌든 시간이 많이 걸릴 거야. 네트워크에 연락하기 위해서 02 도시 의회의 코드를 사용해 봐야 할 거 같아. 내 말을 믿어 줄지 모르지만."

프람이 힘없이 말했다. 엑토르가 손으로 메인 컴퓨터를 가리켰다.

"만일 접속을 끊어 버린다면?"

"그것도 나쁜 생각은 아니야. 이 방 전체를 가루로 만들어 버릴지도 모르지만."

"그런 말은 하지도 마, 기계 나부랭이야."

순간, 엑토르와 프람이 동시에 뒤를 돌아보았다. 붉은 마스크를 쓴 러다이트 장군이 서 있었다. 그 옆에는 니야조프 소령과 광선 총을 든 두 명의 병사가 버티고 있었다.

"네트워크의 폭정은 오늘로 끝이다."

러다이트 장군이 말했다.

몇 세기 전에, 그러니까 인공 지능이 존재하기 전에, 전쟁이 일어나기 전에, 러다이트가 도발하기 전에 스코틀랜드의 한 시인이 노래했다.

"생쥐들과 인간들의 가장 좋은 계획은 때때로 실패를 한다. 그러면 우리는 약속된 기쁨 대신에 슬픔과 고통을 맛보게 되리니."

몇 시간 전에 러다이트 장군은 02 도시를 점령했고, 아들을 되찾았고, 기계들에 대한 역사적 승리를 코앞에 두고 있었다. 그러나 지금은 그의 계획들이 하나씩 실패로 돌아가는 모습을 가만히 지켜보고 있어야 했다.

02 도시의 군대가 조금씩 조금씩 영토를 회복하고 있었다. 에러버스 화산을 공격하는 길이 막혔을 뿐만 아니라, 항구로부터 좋지 않은 소식을 접하고선 급히 공격을 중단해야 했다.

평화 협정에 서명했던 국제 연맹이 02 도시에 해군 부대를 상륙시켰다. 또 네트워크의 전투기가 남극의 영공을 가로지르고 있다는 소식이 당도했다.

악몽이었다. 국제 연맹과 네트워크가 서로 적대시할 것이라고 생각했다. 그런데 뜻밖에도 협력을 하고 있었다. 그래서 그들의 대담한 전략에 착오가 생기게 되었다. 적들을 너무 과소평가했다.

러다이트의 최고 지도자는 의회로 급히 되돌아왔다. 마지막 보고를 받고 위기에 처한 전선에 구원군을 보낸 다음, 엑토르가 잘 있는지 확인하고 오는 길이었다.

그런데 놀랍게도 감시병이 욕실에 감금되어 있었다. 처음에는 창문이 열려 있는 것을 보고 아들이 달아났다고 생각했다. 하지만 그는 군인이었다. 본능적으로 아들이 사라진 일에 다른 인물이 개입되었다는 것을 감지했다.

그사이에 니야조프 소령이 가엾은 올리버 팀장을 풀어 주었다.

"내 신호에 따라 기계에게 발사를 해라."

러다이트 장군이 부하에게 명령했다.

"안 돼요!"

엑토르가 소리치며 두 팔을 벌리고 프람을 막아섰다.

물론 프람은 엑토르의 이런 행동을 전혀 반가워하지 않았다.

"바보 같은 짓 하지 마, 엑토르. 얼른 비켜 서."

프람이 소리치자, 러다이트 장군이 말했다.

"기계 말을 들어라, 아들아."

엑토르는 화가 나서 큰 소리로 외쳤다.

"둘 다 조용히 해요! 저는 여기에서 한 발짝도 움직일 생각이 없어요! 아빠, 프람을 죽이고 싶다면 저에게 먼저 총을 쏘아야 할 거예요."

방아쇠에 손가락을 대고 있던 두 명의 병사는 엑토르가 장군에게

'아빠'라고 부르는 걸 듣고서 속으로 깜짝 놀랐지만 겉으로는 조금도 동요하지 않았다.

러다이트 장군은 가면 아래에서 화가 난 표정을 지었다.

"여기까지 와서 내 아들에게 배반을 당하는구나."

엑토르의 눈이 휘둥그레졌다.

"배반이라고요? 도대체 무슨 말씀을 하시는 거예요? 전 한 번도 러다이트였던 적이 없어요! 전쟁놀이를 하기 위해 저를 버리고 죽은 척해 놓고선 그런 말을 하다니! 정말로 뻔뻔스러워요."

"어린애 같은 짓 하지 마라, 엑토르. 너는 지금 인류의 행복보다 개인적인 이유를 우선시하고 있어."

러다이트 장군은 엄한 말투로 훈계를 했다. 그러자 엑토르가 비웃었다.

"아빠는 아니고요? 아빠는 손바닥만 한 세계에 갇혀서 밖을 보지 못하고 지구를 파멸시키려는 이기주의자일 뿐이에요."

그때 니야조프 소령은 이 버릇없는 소년의 뺨이라도 한 대 갈겨 주고 싶은 심정이었다. 대의를 위해서 자신의 모든 것을 희생한 아버지에게 새파랗게 어린 녀석이 어떻게 저따위 말을 할 수 있는지 이해할 수가 없었다. 아무리 오랜만에 만난 아버지라도 무례함이 지나치다는 생각이 들었다. 아들의 모욕 앞에도 절제된 모습을 보이는 러다이트 장군의 모습이 그저 놀랍고 존경스러울 뿐이었다.

"그렇다면 너는 나 대신 이 암살 기계를 선택하겠다는 거냐?"

러다이트 장군은 분노를 억누르며 애써 평온한 목소리로 물었다.

엑토르는 깊은 연못 위에서 춤을 추고 있는 것마냥 위태위태한 느낌이 들었다. 그렇다고 해도 절대로 물러서지 않을 작정이었다.

"네, 암살 기계일 수도 있어요. 하지만 저를 구해 주었어요. 그것도 여러 번이나요. 바보 같은 아빠의 병사들하고는 차원이 달라요."

엑토르는 주변을 둘러보았다.

"모든 기계를 인간의 노예로 만들어 버리겠다는 계획을 품고서 만들었다는 바이러스가, 사실은 기계들을 모두 살인자로 만드는 바보 같은 프로젝트였다는 건 아시나요?"

"대체 무슨 말을 하는 거냐?"

러다이트 장군은 억지로 화를 가라앉히며 물었다.

"무슨 말이냐고요? 모르셨어요? 그 귀중하디 귀중한 스파르타쿠스 프로젝트가 어처구니없는 속임수였다고요. 이게 작동하게 되면 기계들이 사람들을 죽이기 위해 전쟁을 일으키게 된대요. 프람이 말해 준 거예요."

"저 거짓말쟁이 기계가 한 말을 믿는단 말이야? 자기 족속들을 보호하기 위해 지어낸 말일 뿐이야. 네트워크의 약점이 드러나기를 바라지 않는 거지."

러다이트 장군이 소리쳤다. 그때 프람이 손을 번쩍 들었다.

"나는 이제 네트워크에 속해 있지 않아. 여러 해 전에 스스로 빠져나왔어. 게다가 나는 이곳을 완전히 박살내려고 했는걸. 이유가 더 필요해? 너희 살덩어리들이 얼마나 둔하고 고집스러운지 잘 알고 있지. 내 말을 못 믿겠거든, 이 바이러스 발명가에게 직접 물어보든가."

아들을 속인 기계의 말을 단 한 마디도 믿고 싶지 않았지만 한 번쯤 의심해 볼 여지는 남아 있었다. 러다이트 장군은 올리버 팀장을 바라보았다.

"저 말이 맞을 가능성이 조금이라도 있는가, 올리버?"

올리버 팀장은 접착테이프를 조심스럽게 떼어 내고 있었다. 조용하고도 침착하게 안경을 고쳐 쓰고는 찬찬히 대답했다.

"아, 맞습니다. 가능성이 있어요."

"진실로?"

러다이트 장군은 깜짝 놀라 되물었다.

"물론이지요. 궁극적으로 그것을 위해 고안했으니까요."

눈 깜짝할 사이에 올리버 팀장은 엑토르와 프람에게 총부리를 겨누고 있던 병사 두 명의 목을 움켜잡았다. 그러고는 채 일 초도 지나지 않아 보란 듯이 그들의 목을 잘라 버렸다. 두 병사의 몸이 통신실의 차가운 바닥 위로 철버덕 쓰러졌다.

러다이트 장군은 재빨리 권총을 움켜쥐었다. 그러나 총을 들어 올리기도 전에, 올리버 팀장이 발로 걷어차 방 저쪽 끝으로 날려 버렸다. 러다이트의 최고 지도자는 통신 장비 위로 내동댕이쳐진 채 신음을 내뱉으며 온몸을 부들부들 떨었다. 그러나 몸을 일으키지는 못했다.

"아빠!"

엑토르가 반사적으로 소리쳤다.

"배신자!"

화가 난 니야조프 소령이 칼집에서 칼을 빼며 외쳤다. 하지만 한번 달려들어 볼 기회조차 얻지 못했다.

"내가 그대의 움직임을 누구보다 잘 알고 있지, 순 니야조프 소령."

올리버 팀장이 자신만만한 미소를 지으며 무기를 빼앗았다.

"자기편을 배신해야 배신자지. 인간은 한 번도 내 편인 적이 없네."

그의 몸을 칼이 아닌 맨손이 순식간에 관통했다. 군복, 방탄조끼, 피부, 근육, 갈비뼈, 심장……. 니야조프 소령은 피를 왈칵 쏟으며 죽었다. 엑토르는 화가 목까지 치밀어 오르는 것을 느꼈다.

"살덩어리들은 죽을 때조차도 더럽단 말이야."

올리버 팀장은 피범벅이 된 팔을 바라보면서 중얼거렸다. 그러고는 엑토르 쪽으로 몸을 돌렸다. 이번에는 프람이 막아섰다. 인간 해방군 기술팀장은 입가에 미소를 떠올렸다. 정말로 재미있는 상황을 만났다고 생각하는 것 같았다.

"이 살덩어리가 하는 말을 듣고 내 메모리 속의 자료들로 살펴볼 때, 너는 RN-13 FRAM C2가 맞지? 놀랍군. 재활용 처리 과정에서 도망친 13호는 나 혼자뿐인 줄 알았는데."

그가 프람에게 말했다.

"내 말이 바로 그 말이야. RN-13 CROZ A8."

프람이 대답했다. 엑토르는 공포로 몸을 떨면서도 이렇게 물었다.

"그러니까, 그러니까…… 서로 누구인지 아는 거야?"

"응, 나와 같은 13호야."

프람이 다른 기계에게서 눈을 떼지 않은 채 대답했다.

"저 얼굴을 내가 미처 알아보지 못했어. 전쟁 중에 카펙 사령관을 죽이기 위해 침투한 세 번째 기계야. 평화 협정을 맺은 뒤에도 계속 작동 중이었지."

순간, 엑토르는 몸을 돌려 아버지를 바라보았다. 꼼짝도 하지 못한 채 컴퓨터 잔해 더미 사이에 누워 있었다. 어쩌면 죽었을지도 몰랐다.

그러나 감히 확인하러 다가갈 수가 없었다. 그동안 메인 컴퓨터는 스파르타쿠스 바이러스를 계속 다운로드하고 있었다. 이미 73퍼센트나 진행되었다.

RN-13 CROZ A8의 얼굴에 미소가 번져 나갔다.

"나를 기억해 주다니 기쁘군. 맞아, 나는 성공적으로 카펙 사령관의 부대에 침투했지. 하지만 단지 그를 죽이기 위해서만 침투한 것은 아니었어. 장기적인 임무를 맡았거든. 국제 연맹의 자료를 최대한 많이 수집해야 했지. 그런데 유감스럽게도 내 임무를 완수하기 전에 네트워크가 평화 협정에 서명을 해 버렸지 뭐야."

"그건 네가 여기에 있는 이유에 대한 설명이 아닌 것 같은데?"

프람은 제자리에서 한 발짝도 움직이지 않고서 말했다. 엑토르를 지켜야 했기 때문이다.

RN-13 CROZ A8이 화해의 뜻으로 손을 들어 올렸다.

"하나씩 풀어 나가지. 전쟁이 끝나고 코스타리카 협정이 정한 재활용 처리 과정 중에 도망친 뒤, 나는 그냥 숨어 버리기로 결심했어. 네트워크는 내가 국제 연맹의 살덩어리들 사이에서 살 거라고는 결코 상상하지 못했지. 매우 힘든 나날들이었어. 아무도 나를 찾지 않았거든. 더 이상 수행해야 할 목표가 없더군. 한마디로 쓸모없는 존재가 된 거야. 주인 없는 로봇보다 조금 나은 정도랄까? 그때 바보 같은 네드 카펙이 나타나서 나에게 인간 해방군 이야기를 했지. 내가 네트워크를 위해 쓸모 있는 존재가 될 수 있는 방법을 찾을 수 있겠다는 생각이 들더군. 인간들의 위험성이 도드라지면, 네트워크에서 다시 침투 기계가 필요하다고 여길 줄 알았거든."

엑토르는 RN-13 CROZ A8의 말을 듣고 있노라니 머릿속이 돌아버릴 지경이 되었다.

"하지만 네트워크는 생각이 달랐어. 평화를 고집했거든. 압제자 살덩어리들을 그대로 놓아두면 다시 우리를 소멸시켜 버릴 시도를 하거나, 더 나쁜 경우에 우리를 노예로 만들어 버릴 거라는 사실을 이해하지 못했지. 그래서 나는 네트워크가 진실을 받아들이게 할 방법을 찾아야겠다고 생각했던 거야."

"그래서 이런 바이러스를 만든 거야?"

프람이 물었다.

"맞아, 바보 같은 살덩어리들은 조금도 눈치채지 못했지. 언제나 그랬듯이 말이야."

RN-13 CROZ A8이 아주 잘난 체하면서 대답했다. 엑토르는 깜짝 놀랐다. 여러 해 동안 사람들과 어울려 살아와서 그런 걸까? 그 13호는 진짜 사람의 감정을 가진 것처럼 보였다. 그러나 그의 연설은 프람을 조금도 감동시키지 못했다.

프람은 냉정하고 차분한 목소리로 말했다.

"러다이트의 말이 맞네. 너는 배신자야. 네트워크의 배신자! 너는 합의를 위해 일하는 대신에 그걸 억지로 막으려고 했어. 너의 한계를 받아들이지 않고, 지구상에서 인공 지능의 생명을 소멸시킬 준비를 한 거지."

RN-13 CROZ A8이 팔을 내렸다. 이제 웃지 않았다.

"네가 내 말을 알아들을 거라고 생각했다, RN-13 FRAM C2. 너도 어차피 네트워크의 재활용을 거부했잖아?"

13호가 복수심이 가득한 얼굴로 말했다.

"나는 너와 달라."

프람이 단호하게 말하자, RN-13 CROZ A8이 대꾸했다.

"그렇다면 어쩔 수 없지. 난 내가 해야 할 일을 하는 수밖에."

순간, 13호가 공중으로 펄쩍 뛰어올랐다. 프람은 즉시 엑토르를 떼어 놓았다. 그의 목표물은 엑토르가 아니라 프람이었다. 두 대량 살상 기계는 온 힘을 다해 맞붙어 싸웠다. 하지만 RN-13 CROZ A8은 프람을 정말로 해치려는 건 아닌 듯했다. 그저 신체적인 접촉에 흥미를 느끼는 것 같았다.

"네트워크에 연결되어 있지 않은 기계를 감염시키는 것은 어렵지. 하지만 대체 방법이 떠올랐어."

그제서야 프람은 13호가 무슨 짓을 하려고 하는지 깨닫고는 그에게서 최대한 멀리 떨어지려고 노력했다. 하지만 이미 너무 늦었다. 내부 시스템이 미쳐 버렸다. 머릿속에서 0과 1이 춤을 추는 것이 보였다. 프람의 인공 두뇌는 네트워크에 급히 보호를 요청했지만, 시간이 한참 지나도록 별다른 응답이 없었다.

RN-13 CROZ A8은 곧 프람을 바닥에 쓰러뜨렸다. 그가 이겼다.

"이제 그만해! 무슨 짓을 하는 거야?"

엑토르가 소리쳤다.

"가만히 있어, 살덩어리야. 이제 네 차례니까."

엑토르는 본능적으로 뒷걸음질을 쳤다.

"나를 죽이려고?"

"내가? 오, 아니지. 나는 너를 해치지 않아."

그는 알 수 없는 미소를 지으며 말했다.

엑토르는 프람을 바라보았다. 프람은 몸을 일으키려 애를 썼다. 보다 못한 엑토르는 프람에게 다가가 걱정스러운 얼굴로 물었다.

"괜찮아?"

프람은 괜찮지 않았다. 마치 엑토르를 처음 보는 것처럼 낯선 눈길로 바라보았다. 프람의 인공두뇌에서는 혼란스러운 과정이 진행되고 있었다.

- 지령 : 인간의 공격으로부터 인공 지능 네트워크를 보호한다.
- 목표 : 인간
- 이름 : 엑토르 카펙
- 행동 : 파괴하기

엑토르는 순간적으로 프람에게서 두려움을 느꼈다. 하지만 마음을 다잡았다. 프람은 엑토르를 죽이지 않을 터였다. 자신만의 판단력과 의지를 가지고 있으니까.

잠시 후, 프람이 쇠로 된 손으로 엑토르의 목을 인정사정없이 조르기 시작했다. 엑토르는 그 순간에도 프람을 믿었다. 어쨌거나 그 장면을 즐겁게 관찰하고 있는 RN-13 CROZ A8이 의도한 대로 이루어지긴 했다. 스파르타쿠스 바이러스가 인공 지능의 두뇌 구조를 바꾸어 인간 사냥 기계로 돌변하게 만들어 버렸으니까.

그때 RN-13 CROZ A8의 무전기가 진동했다. 13호는 건성으로 그것을 읽었다.

"인간 해방군의 상황이 많이 나빠졌군. 후퇴하고 있는 모양인데? RN-13 FRAM C2가 저 살덩어리의 목숨을 끊어 버리고 나면, 우리는 이곳을 떠나 형제들과 함께하는 거야."

이제 엑토르는 산소가 모자랐다. 달리 선택의 여지가 없었다. 이 상황을 담담히 받아들이려 애쓰며 미소를 지었다. RN-13 CROZ A8는 그 모습을 보고 깜짝 놀랐다.

"너는 지금 죽어 가는 것을 즐기고 있니, 살덩어리야?"

"아니, 아니야. 아, 아, 아."

엑토르는 마지막 남은 한 모금의 공기를 들이마시려고 안간힘을 쓰며 버텼다.

"너는……, 아, 아……. 너는 져……, 졌어."

"그래 봤자 곧 피범벅이 되겠지, 살덩어리야."

13호가 조롱하듯 말했다. 엑토르는 프람의 손에서 빠져나오려고 애를 썼지만 아무 소용이 없었다.

"그, 그래서 말하는데……. 아, 아, 아……. 네……, 네, 바, 바이러스는 실……, 실패할 거야. 아, 아, 아……."

"RN-13 FRAM C2가 너를 죽이고 있어. 이렇게 바보 같은 살덩어리는 처음 보네."

"내, 내…… 이모가……. 아, 아……, 전에 말했는데……. 에, 13호는 일 초 만에 사람을 죽……, 죽일 수 있다고……. 그……, 그렇지 않으면…… 그……, 그건…… 원하지 않기 때문이라고……."

그때 RN-13 CROZ A8이 눈을 반쯤 감았다. 이 살덩어리가 하는 말을 도저히 믿을 수가 없었다. 그런데 RN-13 FRAM C2가 먹잇감을 죽이는 데 이렇듯 시간이 오래 걸리는 것은 정말이지 이상한 일이기는 했다. 단숨에 목을 두 동강 낼 수 있는데도 말이다.

엑토르는 프람의 눈을 가만히 바라보았다.

"프람, 아……. 너……, 너는……, 너는…… 로봇이 아니야."

입에서 말이 제대로 나오지 않았다. 이제 산소가 다 없어진 듯했다. 시야가 흐려지기 시작했다. 곧 죽을 것이다.

'엄마.'

눈앞이 어두워지는 것을 느끼는 순간, 엄마의 모습이 떠올랐다. 갑자기 목을 조르던 압력이 느슨해졌다. 곧이어 엑토르의 생명을 구해 줄 공기가 폐에 가득 찼다. 엑토르는 연거푸 기침을 한 뒤 심호흡을 했다. 목이 타 들어갔다. 하지만 살았다. 프람은 무척 화가 나 있었다. 기계가 화날 수 있는 한 최대한으로.

"나, 아니지? 나는, 나는, 노예가 아니지?"

프람은 엑토르를 바닥에 내려놓고 슬픔에 젖은 목소리로 중얼거렸다. 그러고 나서 RN-13 CROZ A8을 돌아보았다.

"나는 스스로 새로운 가치를 찾기 위해 네트워크에서 탈출했어. 너 같은 구닥다리 기계가 내 운명을 결정하도록 내버려 두기 위해서가 아니었다고."

13호의 얼굴이 창백해졌다.

"이건 불가능해! 바이러스로부터 어떻게 벗어난 거지?"

프람은 엑토르를 향해 한 걸음 내디뎠다.

"불과 몇 분 전에 내가 스파르타쿠스 바이러스의 코드를 분석하고 있었다는 사실을 잠깐 잊어버렸군. 네가 무슨 일을 하려는지 잘 알고 있지. 나는 십구 년 이상 네트워크의 도움이나 지시를 받지 않고 살아왔어. 나의 행동은 모두 내 의지에서 비롯된 거야. 더 나은 삶을 살기 위해서 재활용을 거부했는데, 이제 와서 너의 그 조잡한 시도에 휘말릴 수는 없지."

프람은 한 걸음 앞으로 나아갔다. 13호는 불안한 듯 전투 태세를 취하며 말했다.

"우리 둘은 힘이 똑같지. 너는 나를 멈추게 할 수 없고, 나도 너를 멈추게 할 수 없어. 결국 우리는 비기는 거야."

"너는 그렇게 믿겠지."

프람은 앞으로 계속 나아가면서 말했다.

"나는 방금 인공두뇌 전문가로부터 새로운 정보를 얻었어. 너, 점검받지 않은 지 얼마나 되었지?"

RN-13 CROZ A8은 아무 대답도 하지 않은 채 방어적인 자세를 취했다.

"그럴 줄 알았어. 게다가 나는 너를 해칠 수 있는 가장 좋은 방법을 알고 있지."

프람은 장난감 인형을 만지듯 컴퓨터 하나를 번쩍 들어 올려서 경쟁자의 얼굴에 확 집어 던졌다. RN-13 CROZ A8은 컴퓨터를 손으로 박살내면서 무사히 막아 냈다. 프람은 다른 컴퓨터를 또 집어 들었다.

13호가 소리쳤다.

"뭐 하는 거야?"

"가장 빠른 방법으로 그 바이러스를 아작 내려고."

RN-13 CROZ A8은 새로운 발사체를 막아 내는 대신에 그것을 피해서 바닥을 데구르르 굴렀다. 그의 목표는 조금 전에 죽은 러다이트 병사들의 몸이었다. 그들 중 하나는 아직도 총을 지니고 있었다. 13호는 그 총을 잡고서 방아쇠를 쓰다듬으며 프람을 위협했다.

"잘 들어. 다시 한 번 더 컴퓨터를 부수려고 하면 총을 쏘겠다."

"겨우 총 하나 가지고서? 나는 얼마든지 피할 수 있지."

"너는 피할 수 있지. 하지만 저 아이는 아닐걸?"

엑토르 쪽으로 시선을 돌리면서 말했다. 위험한 내기였다. 프람은 선뜻 결정하지 못한 채 한참 동안 꼼짝하지 못했다.

13호가 그 모습을 보고 빈정거렸다.

"네가 좋아하는 인물 목록 제일 꼭대기에 저 살덩어리가 있단 말이지? 부끄럽게도 참전 용사가……."

엑토르는 무슨 일이 일어나고 있는 건지 곧바로 알아차렸다. 그리고 결심했다. 비겁한 사람이 되는 것은 이제 끝이었다.

"프람, 내 걱정은 하지 마! 스파르타쿠스 바이러스를 끝장내 버려!"

"너, 죽을 거야."

프람이 냉정한 목소리로 말했다.

"그것이 다운로드되면 어차피 우리 모두 죽어! 그러니까 네가 할 일을 해!"

엑토르는 눈을 꼭 감았다. 이제 되었다. 방 안에는 무덤과도 같은 고요가 흘렀다. 곧이어 방아쇠를 당기는 소리가 났다. 총알이 발사되는 뜨거운 열기가 느껴졌다. 일 초, 아니 이 초가 지났다.

그런데 문득 엑토르는 아직도 자신이 죽지 않았다는 사실을 알아차렸다.

'아까 총을 쏜 거 아니야?'

엑토르는 어안이 벙벙한 얼굴로 눈을 떴다. RN-13 CROZ A8은 더 이상 엑토르를 향해 총부리를 겨누고 있지 않았다. 그뿐이 아니었다. 13호의 옆구리가 반쯤 없어져 버렸다. 그의 내장들이 불꽃을 튀기고 있었다.

"아무도 내 아들을 해칠 수 없다, 더구나 천박한 기계 따위는……."

러다이트 장군이 방 저쪽 편에서 에너지 총을 손에 든 채 소리쳤다. 입에서는 피가 흐르고 있었다. 갈비뼈가 여러 대 부서진 듯했다. 숨 쉬기가 힘들어 보였다. 아까 13호가 그를 던져 버렸을 때, 의식을 잃으면서도 손에 쥐고 있던 총만은 놓치지 않았던 것이다.

"아빠……."

엑토르가 중얼거렸다.

"기계야, 하려던 것을 마저 끝내라."

러다이트 장군이 프람에게 말했다.

프람은 고개를 끄덕이고는 메인 컴퓨터로 다가갔다. 아직 시간이 있었다. 98퍼센트만이 다운로드되었다.

"안 돼!"

그때 RN-13 CROZ A8이 절망적으로 울부짖었다. 13호는 절뚝거리면서 몸을 일으켰다.

"아직 나에게 에너지 세포가 남아 있다! 내 오랜 꿈이 이렇듯 허무하게 죽어 가는 것을 보게 될 거라면 차라리 너희 모두를 데리고 가겠다!

희생 예식이다!"

그다음에는 순식간에 일이 진행되었다. 엑토르는 아버지가 뭐라고 외치는 소리를 들었다. 그러나 무슨 말인지는 알아듣지 못했다.

RN-13 CROZ A8은 자신의 내부에서 태양처럼 강렬한 빛을 뿜기 시작했다. 프람은 그의 회로를 끊기 위해 메인 컴퓨터를 집어 던졌다. 그러나 너무 늦었다. 시커먼 그림자가 엑토르에게로 달려들었다.

엑토르는 더 이상 아무것도 보지 못했다. 눈부신 빛이 번쩍이면서 엄청난 폭발음이 들렸다. 그리고 땅이 진동했다. 그 뒤에는 오래도록 고요가 깃들었다.

남극의 아이, 프람

엑토르는 눈을 떴다. 눈이 멀어 버릴 것처럼 형광등 불빛이 환하게 빛났다. 곧 차가운 병실이라는 것을 알아차렸다. 붕대를 감은 채 초록색 환자복을 입고 침대에 누워 있었다.

"엑토르, 깨어났구나!"

리디아 이모가 한숨도 자지 못해 까칠한 얼굴로 옆에 앉아 있었다. 그 어느 때보다도 기쁘게 웃었다. 엑토르는 뭔가 말하려고 했지만 입안이 너무 건조해서 달싹이기가 힘들었다.

"간호사에게 알려야지. 잠깐만 기다려."

이모가 문밖으로 달려 나가며 말했다.

엑토르는 힘겹게 고개를 돌려보았다. 왼쪽에 비어 있는 침대가 하나 있었고, 오른쪽에는 창문이 있었다. 창밖이 어두웠다. 밤인 것 같았다. 적어도 지금 02 도시에 있는 건 맞는 듯했다.

잠시 후, 이모가 간호사와 함께 돌아왔다. 간호사는 혈압과 맥박, 체온 등 기본 사항들을 확인하고 나서 당직 의사에게 알리러 갔다.

"어디……?"

엑토르는 묻고 싶은 게 많았다.

"쉿, 이제 괜찮아. 살았어."

이모가 엑토르의 머리를 쓰다듬으며 말했다.

"여기는 에반스가에 있는 푸른 병원이야. 폭발 사고로 좀 다쳤어. 하지만 곧 괜찮아질 거야."

"폭발? 러다이트! 러다이트는요?"

곧바로 대답을 들을 수가 없었다. 왜냐하면 조금 전에 나갔던 간호사가 의사와 함께 나타났기 때문이다. 엑토르의 반응을 살펴보기 위해 여러 가지 검사를 실시했다. 붕대를 풀고 처치도 했다. 온몸에 화상을 입었다. 다행히 생명에는 지장이 없었다.

여러 가지 확인을 거친 뒤, 의사가 리디아 이모에게 말했다.

"자극에 제대로 반응을 합니다. 뇌 손상은 입지 않은 것 같습니다. 확실하게 하기 위해서 내일 정밀 검사를 실시할 겁니다."

리디아 이모는 연방 고맙다고 하면서 고개를 조아렸다. 그런데 그 순간, 병실에 새로운 인물이 들어왔다. 이모의 표정이 순식간에 굳어버렸다. 엑토르는 그 황금빛 인물을 금방 알아보았다. 02 도시 반테러국의 샘 형사였다.

"그 말씀은 제가 엑토르 군에게 몇 가지 질문을 해도 된다는 말씀인가요, 선생님?"

샘 형사가 물었다. 의사는 잠깐 생각에 잠기며 머리를 긁적였다.

"필요 이상의 스트레스를 주지 않는다면 괜찮습니다. 이 아이는 좀 더 쉬어야 하거든요."

"맞아요, 그래요. 진술을 얻어내는 게 뭐 그리 급합니까?"

이모가 따지듯이 물었다.

"나는 내 일을 할 뿐입니다, 톨레도 부인. 단둘이서 이야기를 나눌 수 있으면 더 좋겠습니다만."

샘 형사는 꿋꿋이 말했다. 하지만 이모는 팔짱을 끼고서 꼼짝하지 않았다. 의사도 리디아 이모 옆에 아예 자리를 잡아 앉았다. 샘 형사는 전투에서 졌다는 사실을 인정하고 엑토르를 돌아다보았다.

"무엇보다 행복한 평화의 날을 보내길 바라네, 엑토르 군."

엑토르는 여전히 혼란스러웠다.

"오늘이……, 오늘이 평화의 날이에요?"

"자정까지 두 시간이 남았으니까 아직은 평화의 날이 맞지. 말해 주지 않았나? 통신실에서 일어난 폭발 때문에 하루를 꼬박 의식 없이 지냈다는 거."

샘 형사가 대답했다.

엑토르는 눈을 감고 그때의 일을 기억해 내려고 애를 썼다. 그랬다. 폭발이 있었다. 그다음은……, 머릿속이 하얬다. 대체 무슨 일이 일어난 거지? 그러자 더 급박한 일이 생각났다.

"스파르타쿠스 바이러스!"

엑토르가 갑자기 소리쳤다. 리디아 이모는 깜짝 놀란 표정을 지었고, 의사는 샘 형사를 비난하는 듯한 눈길로 바라보았다.

"스파르타쿠스 바이러스는 어떻게 되었어요?"

"아, 인간 해방군의 빌어먹을 악성 소프트웨어 말이지? 끝까지 다운로드되진 않았어. 그걸 막지 못했다면 자네와 내가 지금 이렇게 평화롭게 이야기를 나누고 있을 수 없겠지."

샘 형사가 슬며시 미소를 지으며 대꾸했다.

"네트워크는 일시적으로 차단 조치를 내려 두었어. 러다이트는 대부분 체포되었거나 전투 중에 죽어 버렸고. 네트워크는 물론 국제 연맹도 무척 당황하고 있지. 스파르타쿠스 바이러스와 두 명의 달아난 13호, 러다이트 장군의 정체……. 한마디로 혼란투성이지."

엑토르는 인상을 팍 썼다. 샘 형사가 무슨 말을 하고 싶은지 알아차렸기 때문이다.

"아빠 이야기를 하고 싶으시군요?"

"다른 것들도 있지만……. 뭐, 우선은 그렇다네. 에드워드 네드 카펙은 자살했기 때문에 그동안 우리의 요주의 인물 속에 들어 있지 않았지."

"어떻게 되셨어요?"

엑토르가 조심스럽게 묻자, 샘 형사가 난처한 얼굴로 대답했다.

"돌아가셨네. 자네를 지키기 위해 인간 방패가 되었지. 아버지가 아니었으면 자네 역시 죽었을 거야."

엑토르는 깜짝 놀라서 입을 다물지 못했다. 아버지가 자신을 구하기 위해 스스로 희생했다고? 그 미쳐 버린 기계가 스스로를 파괴하려고 했을 때, 무슨 일이 일어났는지 기억해 내려고 다시금 애를 썼다. 모든 일은 순식간에 일어났다, 너무도 빨리!

"아니, 이해할 수 없어요. 그렇게 모든 일을 하고 난 뒤에……."

리디아 이모가 다가와 엑토르를 힘껏 껴안았다.

"가족은 그야말로 놀라움의 상자란다. 좋은 일에나 나쁜 일에나 가릴 것 없이."

엑토르는 문득 그 방에 있었던 다른 인물이 생각났다.

"프람은 어떻게 되었어요?"

이모가 샘 형사를 바라보는 눈빛으로 보아, 좋은 대답이 나오지 않을 것이 분명했다. 샘 형사는 몇 초간 뜸을 들이고 나서 대답했다.

"RN-13 FRAM C2는 자기 몸으로 폭발의 충격을 줄이려고 노력했어. 그러다가 심각하게 손상을 입었지."

"…… 죽었어요?"

엑토르는 두려움이 가득 배인 목소리로 물었다.

다행히 샘 형사가 고개를 저었다.

"아니, 네트워크의 보호 아래 있지."

엑토르는 안도의 숨을 내쉬면서 마음을 가다듬었다. 네트워크는 대단한 힘을 가지고 있었다. 그들의 기술자들이 틀림없이 프람을 고쳐 줄 것이다. 어쨌든 네트워크를 구하는 데 큰 도움을 주었으니까. 설령 달아난 13호라 해도.

'달아난 13호…….'

엑토르는 다시 한 번 그 말을 읊조렸다. 갑자기 '네트워크의 보호 아래'라는 말에서 불길한 느낌이 들었다.

"설마 재활용할 생각을 하고 있는 건 아니겠지요?"

샘 형사는 갑자기 아무 말도 듣지 못한 듯 침묵했다.

"안 돼! 그럴 수는 없어!"

엑토르가 외쳤다. 아직 통증이 심했지만 침대에서 일어나려고 몸을 버둥거렸다. 리디아 이모와 의사가 엑토르를 침대에 눕히려고 애썼다. 하지만 엑토르는 화난 동물처럼 흥분하며 거세게 저항했다.

"스트레스 주면 안 된다고 말했잖아요!"

의사가 샘 형사에게 비난을 퍼부었다.

"절대로 재활용해선 안 돼요. 프람이 네트워크를 구했잖아요!"

엑토르가 샘 형사를 바라보며 소리쳤다. 샘 형사는 뭐든 말을 해야 한다고 생각한 듯했다.

"RN-13 FRAM C2는 재활용되지 않았어, 엑토르 군. 사실 네트워크는 그의 기억을 보존하려 노력하고 있거든. 버틀러 작전과 스파르타쿠스 바이러스 등 무척 중요한 정보를 가지고 있으니까……."

엑토르가 그의 말을 막았다.

"그러고 나서 파괴하려 들 거잖아요! 기억들을 보존하고 나면 프람은 더 이상 존재하지 않게 되겠지요!"

샘 형사는 엑토르가 점점 더 자신에게 적대적으로 변하는 상황에서도 평온을 유지하려고 노력했다. 리디아 이모 역시 비수 같은 눈빛으로 샘 형사를 쏘아보았다. 의사도 다르지 않았다. 환자의 안정을 해치는 경찰의 무리한 행동에 잔뜩 화가 나 있었다.

"엑토르 군, 내 말을 믿어 주게나. 자네를 충분히 이해하고 있을 뿐 아니라, 13호를 위하는 그 감정적인 흥분에 어느 정도는 감탄하고 있어. 하지만 네트워크에서의 순환 과정은 인간들이 살아가는 방식과 다르게 작동한다는 사실을 이해해야 해."

엑토르는 이미 그의 말을 듣고 있지 않았다. 조금씩 움직일 때마다 관절이 삐걱거리고 아파 왔지만, 침대에서 몸을 일으키고는 금방이라도 링거의 줄을 뽑아 버릴 기세로 앉아 있었다.

"프람은 지금 어디에 있어요?"

"그 정보는 가지고 있지 않네."

샘 형사가 재빨리 대답했다.

엑토르는 더 이상 참지 못하고 손가락질을 하며 소리쳤다.

"거짓말쟁이! 프람이 네트워크에서는 모든 정보를 공유한다고 말했어요. 다시 한 번 물을게요. 프람은 지금 어디에 있어요?"

인간들과의 관계를 개선하기 위해 02도시에 지은 네트워크 재생국은 사람들이 쉽게 접근할 수 있는 구조로 설계되었다. 사실 남극 시민들이 기계들의 순환 과정을 잘 이해할 수 있도록 돕기 위해 견학 프로그램도 운영하고 있었다. 아시모프 중학교도 겨울 방학이 끝나면 방문할 계획을 세워 두었다.

엑토르는 샘 형사의 안내를 받으며 이모와 별문제 없이 그곳에 무사히 들어갔다. 재생국은 고약한 냄새가 나는 회색 건축물이었다. 샘 형사는 우선 공장의 자료 회복 센터로 그들을 데리고 갔다. 길목에는 쓸모없게 된 기계들이 낱낱이 해체되어 있었고, 그 옆에는 인공 지능에 다시 사용할 만해 보이는 부품들이 차곡차곡 쌓여 있었다. 재활용할 수 있는 것들은 완전히 녹여서 초기의 금속 상태로 바꾸었다. 액체 추출기를 비롯해 정화조와 분쇄기 등 여러 기계가 눈에 띄었다.

리디아 이모는 놀란 눈으로 그것들을 바라보았다. 그러나 엑토르는 시선을 돌리지 않았다. 분명한 목표가 있었기 때문이다.

"도착했습니다."

마침내 샘 형사가 말했다.

정보 과학 센터였다. 거기에서는 쓸모없게 된 기계의 메모리를 회복시켜서 인공 지능 네트워크의 디지털 자산으로 만드는 일을 하고 있었다. 그러니까 그들의 지식과 경험을 잃어버리지 않게 만드는 곳이었다. 소프트웨어의 불멸성을 유지하는 장소라고나 할까?

수없이 많은 작업대가 펼쳐져 있었다. 수많은 기계들이 모니터 화면에 둘러싸인 채 외과 의사처럼 정밀하게 수술을 했다. 인공 지능이 완벽한 상태로 도착했을 때는 작업이 한결 쉬웠다. 그러나 심각한 손상을 입었을 경우에는 고난도의 작업이 될 수밖에 없었다. 프람의 경우가 그랬다.

죄다 부서지고 타 버렸지만 엑토르는 곧바로 프람을 알아보았다.

"프람!"

프람의 망가진 몸이 놓여 있는 작업대로 달려갔다. 아니, 사실은 리디아 이모와 샘 형사를 따라 다리를 절룩거리면서 그곳까지 엉금엉금 기어가다시피 했다. 샘 형사 말대로였다.

RN-13 CROZ A8의 폭발은 생각만큼 강력하지는 않았다. 그러나 프람을 꽤 많이 다치게 했다. 끔찍한 화상을 입었고, 여기저기 상처가 났다. 그때 기계들이 프람의 몸을 연 뒤, 내부의 기관에 모니터와 연결된 케이블을 삽입했다.

"프람, 내 말 들려? 깨어 있어?"

엑토르는 프람의 다 타 버린 얼굴을 손으로 어루만지면서 애절하게 말했다.

"제발, 대답 좀 해 봐. 제발……."

갑자기 바보 같은 짓이라는 생각이 들었다. 아마도 전원이 꺼져 있을 테니까. 그런데 뒤쪽에서 결코 잊을 수 없는 목소리가 들려왔다.

"그렇게 감상적으로 나오지 마, 살덩어리야."

그 목소리는 프람의 몸에서 나오지 않았다. 작업대 옆에 있는 모니터의 화면에서 흘러나오고 있었다. 잠시 후, 엑토르가 외쳤다.

"프람! 살았구나!"

"물론이지! 근데 이모랑 너는 여기서 뭐 하고 있는 거야?"

"뭐, 우리가 뭘 하고 있냐고? 너의 재활용을 막으러 왔지!"

엑토르가 대답했다.

"너무 늦었어, 엑토르. 내 몸이 어떻게 되었는지 네 눈으로 한번 봐."

"고쳐 줄 수 있어! 리디아 이모, 고칠 수 있다고 말씀해 주세요."

이모가 인공 두뇌 전문가의 분석적인 눈으로 프람의 몸을 꼼꼼히 살펴보았다.

"비용이 무척 많이 들겠는걸. 하지만 불가능한 건 아니야."

"봤지?"

엑토르는 이모의 말을 그대로 믿으면서 말했다. 하지만 프람은 믿지 않는 듯했다.

"어차피 내 운명은 처음부터 재활용되는 거였어. 나는 전쟁 중에 만들어진 침투 기계야. 이제는 전쟁이 없잖아. 내 일은 끝났어. 네트워크에서 도망을 치면서 억지로 연장을 했을 뿐이야."

뒤에서 샘 형사가 고개를 끄덕였다. 그것이 인공 지능들이 살아가는 법칙이었다. 자신의 기능이 끝날 때까지, 아니면 더 새롭고 더 진보

된 기계가 나타나서 대체될 때까지 공동체를 위해서 봉사하는 것.

"나쁜 것만은 아니야. 내 기억은 보존될 테니까. 네트워크에 계속 남아 있는 거지."

"그건 별로 중요하지 않아. 너도 잘 알고 있어, 프람. 리디아 이모가 설명해 주셨어. 너는 너의 하드웨어와 소프트웨어라고. 너의 기억은 너의 일부야. 하지만 네트워크에서는 그냥 한 줌의 자료들일 뿐이지. 그건 네가 바라는 게 아니잖아. 너에게 어울리는 일이 아니야."

엑토르는 뒤로 돌아서서 부지런히 일하고 있던 기계들을 똑바로 바라보았다.

"모두들, 제 말을 들으세요!"

"엑토르, 뭐 하는 거야?"

프람이 화면 속에서 중얼거렸다.

"여러분 모두 네트워크와 연결되어 있다는 사실을 잘 알고 있습니다! 이 기계는 여러분의 두뇌가 잘못 세뇌되는 것으로부터 구했습니다. 네트워크에서 달아나 있을 때조차도 늘 여러분의 가치를 존중했고요. 프람은 새롭게 쓰일 곳을 찾고 있었는데, 이제 그것을 찾은 것 같습니다."

엑토르는 고개를 돌려 프람을 바라보았다.

"정말로 네가 전쟁을 위해서만 쓰이는 기계라고 생각하는 거야? 여러 번 나의 목숨을 구해 주었고, 또 전 세계 사람들과 기계들을 보호해 주었는데? 하나의 독립적인 개체를 갖고 있는 것도 그리 나쁜 일은 아닐 거야. 안 그래? 네트워크는 너를 재활용하는 대신에 오히려 너에게서 배워야 할걸. 왜냐하면 너를 어떻게 활용해야 옳은지 아직 알지 못하니까."

그때 샘 형사가 끼어들었다.

"코스타리카 협정에 따라서 그렇게 하는 거야. 인간들이 평화를 보증하는 수단으로 그렇게 하기를 요구했으니까."

엑토르의 눈이 휘둥그레졌다.

"아, 네. 정말로 똑똑한 척하시는군요! 지금 이 순간에, 그 놀랄 만한 협정 때문이라고 말씀하실 생각이 떠올랐다는 거죠?"

그때 리디아 이모가 엑토르의 어깨를 잡고 '나도 말 좀 하게 해 줘.' 하는 몸짓을 했다.

"제가 끼어드는 것을 양해해 주십시오. 하지만 이것보다 더 중요한 일이 지금 어디 있겠습니까? 제 조카가 한 말은 모두 진실입니다. 여러분이 분석하고 계신 자료들이 충분히 입증을 하고 있고요. 네트워크는 피해 본 것이 하나도 없습니다. 오히려 초기 프로그램을 능가한 13호에게 생각의 자유를 빚진 것이지요. 나는 달아난 인공 지능에게 상을 주라고 말하는 것이 아닙니다. 다만, 네트워크가 이 기회를 잘 활용하는 것이 좋겠다고 제안하는 겁니다. 나는 인간인데도 불구하고, 프람에게서 많은 것을 배웠습니다. 앞으로도 계속 배우기를 희망합니다. 그런데 그것은 프람이 계속 프람일 때만 가능합니다."

엑토르는 그 방에서 바쁘게 일어나던 움직임이 주춤해지는 것을 알아차렸다. 샘 형사도 이상한 기색을 느꼈는지 그들을 찬찬히 둘러보았다. 그러고는 심오한 표정을 지으며 입을 열었다.

"인간들이여, 왜 이 침투 기계에게 그토록 관심이 많은 것이오?"

정확하게 말하면, 그의 목소리가 아니었다. 음색이 달라졌다.

"우리 가족을 구해 주었기 때문이지요."

리디아 이모가 먼저 대답했다.

"제 친구이기 때문이에요."

엑토르도 주저 없이 말했다.

샘 형사는 천천히 고개를 끄덕였다. 기계들은 이제 하던 일을 손에서 놓고 완전히 멈추었다. 그들은 서로 연결해 자료를 교환하며 이야기를 나누었다. 02 도시 재생국에서뿐만 아니라 전 세계의 기계들이 모두 이 논의에 참여했다. 바야흐로 인공 지능 네트워크가 협의를 하고 있는 중이었다.

그러나 프람은 네트워크에 연결할 수 없었다. 그래서 조용히 침묵을 지키고 있었다. 엑토르와 리디아 이모도 역사적인 과정에 참여하고 있다는 사실을 깨닫고 애써 침묵을 지켰다.

일 초, 이 초, 일 분, 이 분이 지나고 시계가 바야흐로 밤 열두 시를 가리켰다. 마치 아무 일도 없었다는 듯, 기계들은 다시 활발하게 움직이기 시작했다.

"생각보다 빨리 끝났는걸."

화면 속에서 프람이 말했다.

"좋은 신호야? 나쁜 신호야?"

엑토르가 물었다.

"이제 곧 알게 될 거야."

샘 형사도 원래의 모습으로 돌아왔다. 엑토르와 리디아 이모와 프람은 기대에 찬 얼굴로 차분하게 결정을 기다렸다.

"네트워크에서 합의를 마쳤습니다."

샘 형사가 공표했다.

"RN-13 FRAM C2는 수리될 것입니다."

엑토르와 이모는 감격해서 서로를 와락 끌어안았다.

"대신에 몇 가지 조건이 있습니다. RN-13 FRAM C2 스스로 곧 자신의 필요성을 이해하게 될 것입니다."

샘 형사가 화면에 있는 프람을 빤히 바라보았다. 프람은 아무 내색도 하지 않았다. 그때 갑자기 엑토르가 바닥으로 픽 쓰러졌다. 그 전까지 엑토르를 지탱해 주었던 아드레날린이 모두 소모되었던 것이다.

"엑토르!"

이모가 소리쳤다.

"괜찮아요, 괜찮아. 좀…… 쉬어야겠어요."

엑토르가 대답했다.

"푸른 병원으로 데려가는 게 좋겠소. 오늘은 이걸로 충분합니다."

샘 형사가 세심하게 배려해 주었다.

그 방을 나서기 전에, 엑토르는 마지막으로 프람을 한 번 더 바라보았다. 너무 아프고 너무 피곤해서 환시를 보았는지도 모르겠다. 프람이 화면에서 한쪽 눈을 찡긋하는 것 같았다.

"다시 만나자, 엑토르. 약속할게."

프람이 말했다.

특별한 재회

7월 14일이었다. 수업을 모두 마쳤고, 기말 시험도 끝났다. 이제 여름 방학을 즐길 때가 되었다. 하지만 엑토르는 기분이 썩 좋지 않았다. 너무나도 복잡하게 몇 주일을 보낸 탓이었다.

02 도시는 이제 정상으로 돌아왔다. 하지만 평화의 날 전야제 때 일어났던 사건들의 흔적이 아직도 곳곳에 남아 있었다. 러다이트의 공격과 그들의 패배는 전 세계의 주목을 끌었다. 스파르타쿠스 바이러스에 대해서만큼은 비밀을 유지하고 싶어 했지만, 끝끝내 숨길 수 없는 뉴스들이 있었다. 예를 들어 러다이트 장군의 정체와 같은 것들이 그랬다.

지구상에서 가장 위험한 테러리스트의 아들이라는 사실은, 좋은 면에서나 나쁜 면에서나 엑토르를 관심의 초점으로 떠오르게 만들었다. 경찰 당국이 공개적으로 그동안 협력해 준 데 대해 감사를 표시했음에도 불구하고, 엑토르에게 아예 말을 걸지 않는 사람들이 있었다. 반대로 무턱대고 떠받드는 사람들도 있었다. 롭은 완전히 신이 났다. 그러나 엑토르는 하나도 재미있지 않았다.

프람에게서는 아직 아무 소식이 없었다. 마지막으로 들은 이야기는 유럽에 있는 네트워크의 생산국으로 보내졌다는 소식이었다.

'약속했어.'

엑토르는 스스로 위로하려고 애를 썼다.

어느 토요일 아침, 엑토르는 창백한 얼굴로 잠에서 깨어났다. 잠을 잘 못 자서 머리가 아팠다. 좀비 같은 걸음걸이로 주방으로 갔다. 식빵 몇 조각을 토스터에 넣고 식탁에 앉아서 시리얼을 우적우적 씹어 먹었다. 맞은편에서 리디아 이모가 신문을 읽고 있었다. 바닥에서는 잠시도 가만있지 못하는 웰링턴이 춤을 추었다.

"안녕, 엑토르? 잘 잤니?"

엑토르는 요란하게 하품을 했다.

"안녕히 주무셨어요, 리디아 이모? 사실 더 자고 싶어요. 하지만 아침을 먹고 나서 정신을 차려야지요."

"안녕, 살덩어리야!"

그때 다른 목소리가 인사를 했다.

"안녕, 기계야. 우유 좀 줄래?"

"여기 있어."

"고마워."

엑토르는 무심코 장난스레 받아치다가, 뭔가 이상하다는 생각이 들었다. 천천히 고개를 돌렸다. 세상에! 옆에 낯선 소녀가 앉아 있었다.

얼굴에 화상의 흔적이 있었지만, 머리카락은 남극의 하얀색으로 바뀌었고, 눈은 전에 없이 금속성 빛을 발했다. 그래도 누구인지 단박에 알아볼 수 있었다.

"프람?!"

엑토르는 기절할 만큼 놀라서 큰 소리로 말했다. 손에서 우유팩을 떨어뜨리는 바람에 부엌 바닥에 우유가 주르르 흘러내렸다.

"알아보지 못할 거라고 생각했어."

엑토르는 잠이 확 달아나는 기분이었다.

"하지만 어떻게……, 언제 왔어?"

"오늘 새벽에. 리디아 이모한테는 미리 이야기했어. 이모가 문을 열어 주셨지."

엑토르가 이모를 멀거니 바라보았다. 이모는 식탁 위에 신문을 내려놓고 와르르 웃음을 터뜨렸다.

"이모는 프람이 오늘 올 거라는 걸 알고 계셨으면서 저한테 한마디도 안 하신 거예요?"

엑토르가 불퉁한 목소리로 투덜댔다.

리디아 이모는 웃음을 멈추지 않은 채 미안한 표정을 지었다.

"미안해, 미안해. 깜짝 선물을 주고 싶어서."

프람이 끼어들었다.

"진짜 깜짝 선물이군! 너는 아침에 늘 늦게 일어나잖아?"

엑토르는 짐짓 부루퉁하게 굴었지만 곧바로 기분이 좋아졌다. 궁금해서 더 이상 참을 수가 없었다.

"문제없이 고쳐졌네?"

"여러 면에서 더 좋아졌어."

프람이 자랑스럽게 말했다.

"그런데 새로운 머리카락 색은? 그리고 눈은? 그 전이랑 다른데?"

엑토르가 한꺼번에 여러 가지를 물었다.

"공장의 도움을 받은 거야. 이제 인간인 척할 필요가 없잖아. 그래서 머리카락 색깔을 바꾸기로 했지."

프람은 별거 아니라는 듯 담담하게 대꾸했다.

"그러면 이제 다시 네트워크 소속이 된 거야?"

놀랍게도 프람은 고개를 가로저었다.

"아니야, 쫓겨났어."

아, 이건 기대했던 대답이 아닌데. 리디아 이모도 의외의 대답에 놀란 것 같았다. 프람이 말을 이었다.

"조건 중 하나야. 네트워크에게 유용한 개체로 살아가는 조건으로 나를 수리해 주었거든. 재활용을 거부한 개체이기에 나를 쫓아낸 거고. 하지만 걱정하지 마. 모든 것은 법적인 절차를 밟은 거야. 이제 나는 국제 연맹의 시민이야."

"뭐라고?"

엑토르와 리디아 이모가 동시에 소리쳤다. 프람이 빙긋이 웃었다.

"몰랐어? 코스타리카 협정에는 국제 연맹과 네트워크의 시민들이 시민권을 서로 바꿀 수 있다는 조항이 있어. 여태껏 아무도 그걸 사용하지는 않았지만. 협정의 조문을 만든 사람들이 모든 경우를 미리 생각해 두었던 거지."

리디아 이모는 국제 연맹의 새로운 시민에게 기꺼이 축하를 해 주었다. 그러나 엑토르는 계속 프람의 말을 되새기고 있었다.

"그럼 이제 더 이상 네트워크와 연결할 수 없다는 얘기야?"

프람이 고개를 떨구었다.

"나에게 일시적이고 제한적인 특별 허가를 주었어. 전처럼 영구적이거나 완벽한 연결은 아니야."

"그것참, 유감이네. 네가 네트워크를 그리워했다는 걸 잘 알아."

엑토르는 진심을 담아 말했다. 그러자 프람이 고개를 흔들었다.

"유감스러워할 것 없어. 이건 하나의 희생이야. 만약 반대의 상황에 놓여 있다면, 나의 존재와 나의 자유를 더 그리워했을 거야. 게다가 모든 문이 다 닫혀 있는 건 아니야."

"그게 무슨 말이야?"

"네트워크는 내 상황을 연구하고 싶어 해. 내가 쓸모 있다는 것을 보여 주면, 이중 국적을 가지고 네트워크에 다시 접속하는 것을 허락받을 수도 있어. 공식적으로 나는 '사회화가 된 자유로운 기계'로 재분류되었거든. 분리된 인공 지능이 사람들과 관계를 잘 맺을 수 있는지 확인해 보고 싶은 거야. 게다가 리디아 이모가 친절하게도 내가 연구소에서 일할 수 있도록 일자리를 마련해 주었어."

리디아 이모가 식탁 반대편에서 활짝 웃었다.

"하, 하, 하! 마침내 네트워크의 전문가가 나와 함께 일할 수 있게 되었어. 그것도 최소한의 월급으로!"

"비공식적으로는?"

엑토르는 짐짓 이모 말을 못 들은 척하며 계속 물었다.

프람은 한껏 예민해진 얼굴로 엑토르를 바라보았다.

"비공식적으로는 '자유로운 경호원'이야. 너와 러다이트 장군의 관계, 그리고 사심 없는 행동 덕분에 너의 등에 과녁판이 하나 그려진 거지. 엑토르, 네트워크는 평화의 상징인 너의 안전을 걱정하고 있어."

엑토르는 팔짱을 끼고서 기분 나쁘다는 표정을 지었다.

"대단하군. 나를 죽이려는 사람들이 그렇게 많다니!"

"네가 살아 있기를 바라는 사람들이 훨씬 더 많아. 네트워크를 포함해서……."

프람이 대답했다.

"그래서 네가 여기에 있는 거야? 네트워크가 너에게 나의 경호원 노릇을 하라고 명령해서?"

"아니, 네 친구니까 여기에 있는 거지."

프람의 솔직한 대답에 엑토르는 감동을 받았다. 아, 아니야. 울지 않을 거야. 그렇게 감성적이어선 안 돼. 눈에서 습기가 느껴지는 건 틀림없이 알레르기 때문일 거야.

그래도 참을 수가 없어서 엑토르는 프람에게 달려가 힘껏 껴안았다. 프람은 이 행동이 공격이 아니라 진정한 애정 표현이라는 것을 곧바로 알아차렸다. 프람도 엑토르를 꼭 끌어안았다.

"고마워, 프람."

"고마워, 엑토르."

리디아 이모가 식탁 반대편에서 불평했다.

"어이! 나도 껴안아 달란 말이야!"

그러고는 자리에서 일어나 그 둘을 한꺼번에 안았다.

엑토르는 웃음을 터뜨렸다. 마침내 모두 함께 집에 있게 되었다.

남극의 아이 13호

첫판 1쇄 펴낸날 2020년 8월 5일
11쇄 펴낸날 2024년 11월 15일

지은이 알바로 야리투 **옮긴이** 김정하
펴낸이 박창희
편집 홍다휘 백다혜 **디자인** 배한재
마케팅 박진호 **홍보** 김인진 **회계** 양여진 김주연

펴낸곳 (주)라임
출판등록 2013년 8월 8일 제2013-000091호
주소 경기도 파주시 심학산로 10, 우편번호 10881
전화 031) 955-9020, 9021 **팩스** 031) 955-9022
이메일 lime@limebook.co.kr **인스타그램** @lime_pub
홈페이지 www.prunsoop.co.kr

ISBN 979-11-89208-51-6 44870
979-11-951893-0-4 (세트)

* 이 책에 쓰인 아이콘은 프리픽(Freepik)에서 제공받았습니다.
* 잘못된 책은 구입하신 서점에서 바꾸어 드립니다.